不知道哪一天會分開，但不是今天

寫給無能為力的世代，即使疼痛，也要痛得最美

いつか別れる。でもそれは
今日ではない

F——著
邱香凝——譯

好評推薦

日常生活裡誰都經歷過的事、誰都沒刻意拾起的感覺，被F放大成畫面仔細吟味著。不像世間兩性作家總在灌雞湯、為了尋求眾人共鳴，A寫的事總有無數個B再換句話說。本書充滿美學的文字不屬於眾人，它親近到像是為了幾點幾分正在孤單情緒中的你而特別訂製的內容。

——中古小姐／作家

細嚼本書，F果然不是過去所見那種刻意保護形象的作者，用著虛無飄渺的故事避談自己，而是深刻地從自我的生命經驗出發，都是極為私密的見解或者生活片段。正因為這樣的自剖是赤裸的、是誠實的，讀者更能夠將同樣遭遇而不知所措的自己投射其中，也不會將作者神格崇拜，盲目信仰書寫的所有準則，而是像一個有血有肉的好朋友分享給你，他面對自己人生的指示，也許在你穿上和他同一雙鞋的時候，能夠想起他是怎麼走過這一條路的，你想要怎麼度過夜晚都可以，但你並不孤單。

——李豪／部落客、專欄作家

Ｆ以個人經驗、私密的想法，剖析他心中所認為的「愛」的樣貌。我十分喜歡這樣的方式去談愛，不作為經書、亦不作為指南。你們曉得的，我避諱一概勵志的呼籲，也厭惡把每一件事情都找出結論。而Ｆ在這本書中，並沒有給我任何標準的答案，一如書名所示。儘管我會看見他解讀人與人之間的相處、傷害，以及修復疤痕的方法——我仍深刻地感受到，那都是屬於他自己的一切。我只管進入、經過，爾後離開，恣意自在，穿梭其中但無須久駐於內，便能滿載而歸。

「謝謝這世上是有人如此輕聲地分享寂寞與愛。」一句收穫，足矣。

——追奇／作家

・目錄・

第一章 別人無法理解也沒關係的戀愛

第三章　說你寂寞

第四章　克服戀愛，克服夜晚，克服永遠

前言

幸好，深夜裡很寂寞。

睡不著的話醒著就好，如果喜歡的人另有心上人的話，思考怎麼把他搶過來的方法就好。已經失戀的話，除了沉浸在悲哀之中，沒有義務做其他事了。寂寞的話，吃點熱食暖和身體就去睡吧。對別人說這些都很容易，輕易說得出口。然而，我們自己卻做不到。沒辦法做到。一定是因為我們都心知肚明，就算這麼做也得不到救贖。幸好季節和雨和氣味都這麼寂寞。迪士尼樂園、網際網路、天文館星象儀、放學後回家的路、青春、香菸、文學與智慧型手機都這麼寂寞，真是太好了。失戀和謊言和一個人住和便利商店和東京和地下鐵和圖書館都這麼寂寞，恨的人、愛的人、你和我都這麼寂寞，真是太好了。

因為，如果不是這樣的話，我們就不會在這裡相遇。

某天晚上，我的推特收到只有一句話的私人訊息：「一個人的夜晚該怎麼過才好？」記得我沒想太多，應該給了很像那麼一回事的回答吧。我沒有說找人上床或自慰或思考哲學都可以啊之類的風涼話，而是建議他閱讀大量書籍，看大量電影或聽大量音樂，然後擁抱自己的寂寞獨自去很遠的地方吧，這麼一來，一定能在哪裡遇到誰。我記得當時是這麼回答的。

現在回想起來真是不負責任的答案。可是，那天晚上他追尋的只是與「誰」僅此一夜的碰撞，不是任何派得上用場的方法論，也不是任何有意義的話語或名言。不是戀也不是愛，而是能讓他熬過那個夜晚的什麼。

與寂寞對抗是多麼無用的行為，其實每個人都很清楚。我那些睡不著的夜晚與某些人寂寞的夜晚，還有始終裝作沒察覺這些的我一點也沒有用的自言自語，在超過一定數量後，於二〇一七年的春天化成了這本書。

「好寂寞。」這似乎是有歸屬的人才能說的一句話。我願將這本書送給已經無法輕易開口說出這句話的所有人與他們的寂寞夜晚。

晚安。你好。我是F。祝你有個美好的夜晚。

第一章

別人無法理解也沒關係的戀愛

關於崇拜和喜歡的不同

我喜歡美術老師。

小學的時候，我問她：「老師，你有沒有推薦的書？」她笑著說：「就算你讀了我喜歡的書，記住我喜歡的詞彙，說出我可能會喜歡的話，我還是會跟現在一樣喜歡你，但不會變成最喜歡。」又說：「所以，你要去找我不知道的書來讀喔。」至少從那天起，本來應該算是模範生的我，決定不當模範生了。

她喜歡的會是什麼書呢？聽說二十年後，她罹患肺癌過世了。由我提議的書信往來，也因為我無法原諒自己拙劣的文筆，結果沒有繼續下去。

她留著一頭紫色短髮。因此直到現在，我還是很無法抗拒短髮女性的魅力。小學畢業典禮時，我跟老師說，總有一天請跟我約會。現在，她大概在天堂一個人邊畫油畫邊抽 Hi-Lite 香菸吧。

當時聽了她那打馬虎眼的回答，我無言以對。應該說狠狠受了傷，為了那句「不會變成最喜歡」。

直到今天，問對方喜歡讀什麼書，於我而言依然是一種告白，問對方推薦的歌手也是。盡可能不開門見山地問，卻又想摸清對方喜歡什麼，不希望自己的心意被發現。說來也真是廢話。

現在我仍舊認為問別人喜歡什麼或許是有點沒禮貌的事。這種行為很像考試前跟用功念書的同學借筆記。人家拚了命找到的東西，自己卻不費吹灰之力地問到手，這不是一件正當的事。對當事人來說，喜歡的東西就是如此神聖不可侵犯，充滿尊嚴與孤獨。

崇拜和喜歡看似不一樣，其實沒有不同。看似沒有差異，其實有。

懷抱崇拜的好感不會消失，懷抱敬意的好感也很少消失。不管怎麼爭吵，只要對方是值得尊敬的人，「不爭吵」的選項都會持續留到最後。

即使如此，當時我該對老師說的只有一句話，那就是「無法成為你最喜歡的人也沒關係，我只是想知道更多你的事」，或者「只要能更靠近你一點，不管會傷得多重，我都已做好心理準備」，只要這麼一句話。

崇拜是不想受傷的安全距離。喜歡是即使受傷也無所謂的豁出去。

直到現在，我還是無法去參加喜歡的歌手開的演唱會。提不起勇氣去。萬一看到 Yusuke Chiba 在演唱會上揮舞麥克風架時，用力打到自己的腳踝怎麼辦？萬一看到椎名林檎在演唱會上踩空階梯跌下來怎麼辦？Benzie 就算忘記歌詞還是很帥，可是萬一他在曲子與曲子中間的閒聊時間說「其實我很喜歡迪士尼」怎麼辦？結果回過神時，Thee Michelle Gun Elephant 和東京事變和 Blankey Jet City 都解散了[1]。喜歡的樂團解散時，無法打從內心恭喜的歌迷算不上真正的歌迷，這點小事我還有自知之明。心裡有「跟我想的不一樣」的想法就不是愛，希望對方怎樣怎樣，也不是愛。

覺得對方很帥所以喜歡，可是，無法連不帥的地方一起愛的話，就還只是停留在崇拜。你或許無法喜歡對方的全部，不過，連不帥的地方都覺得好可愛的時候，肯定可以說是愛。

1. Yusuke Chiba 為樂團 Thee Michelle Gun Elephant 主唱，椎名林檎為東京事變主唱，Benzie 則是 Blankey Jet City 主唱淺井健一的暱稱。

「因為～所以喜歡」是like，
「雖然～還是喜歡」才是love。

人到底是看外表，還是看內在

歸根究柢，人到底是重視外表還是重視內在？我想，答案應該是這樣。內在必須超越外表才行。

反過來說，超越內在的外表沒有魅力。

我們已經不是光看外表就會愛上誰的年輕人，但又不夠豁達，或者說也沒善良到光憑性格就能愛上一個人。人生有超過一半的時間處於這種既非小孩也非大人的期間。我認為這樣隨性也就夠了。真要說的話，設定二選一的選擇題本身就是個錯誤。再說，一般提供的選項都不是正確答案。

不管怎麼說，回答選擇題是很簡單的事。不過，當問題變成「說明做出這個選擇的原因」時，事情就有點麻煩了。

人就是一種喜歡追究原因的生物，無論對什麼事或對什麼人都想要得出個原因。舉例來說，初次見面的人聊到彼此的嗜好時，總會出現「為什麼喜歡那個」的問句。找工作或換工作面試時，也會被問到：「為什麼想做這件事？」又或者，和朋友聊天的時候也會被問：「怎麼會想跟那個人交往？」

毋庸置疑的，求知慾與好奇心使猿人進化為人類，可是「為什麼喜歡那個」的問題，偶爾總會像挾帶輕微暴力的回音般襲來。每次遇到這類問題，都令我抱頭苦惱。因為喜歡的原因真的很難回答。尤其是愈喜歡的東西愈是如此。

隨便編的話，當然要多少原因有多少原因。

被問到為什麼喜歡那個人時，回答「因為喜歡他的笑容」或「因為他個性溫柔」是很簡單。可是，這不是事實。這種聽起來很像原因的原因，可能輕易就被「長得好看」或「更溫柔」的人取代。然而，深深吸引你的肯定不是輕易就能被取代的人。從來都不是「因為怎樣所以喜歡」，而是回過神來，就喜歡上了。

是啊，因為無法用道理說明所以才會喜歡上。因為所有語言詞彙都無法修飾所以才會喜歡上。既沒必要對任何人說明，也不可能說明，正因為令人感覺如此孤獨，所以才會喜歡上。

就是因為根本不知道原因，所以喜歡。

所以，我覺得喜歡已經不需要理由。

所以，我認為我們可以放棄問別人喜歡的理由。被人問到為什麼會喜歡時，如果回答「其實我也不知道」的話，或許會被說是不負責任的傢伙。可是，這樣回答就好了，因為這才是唯一的真話。

我們就這樣無法互相理解就好。

無法和任何人互相理解，默默相愛就好。

迪士尼樂園式的女人

我稱那種一心想找「更好的人」或「真命天子」而在城市裡不斷徘徊的女人為「迪士尼樂園式的女人」。

世界就像一座二十四小時全年無休的迪士尼樂園，你我身邊總是充滿「活得積極一點啦」、「散發正能量啦」的建議，或是「失戀了如何重新振作」的方法。要是可以的話，我當然也希望自己笑著過日子。但即使如此，人生就是會發生笑不出來的事。這種時候，真正能拯救自己的不是積極向前也不是正能量，而是在離迪士尼樂園最遠的地方做出來的東西。那些iPod裡連一首灰暗歌曲都沒有的人說的話，我一句都不想聽。

有時，曾經喜歡的原因，也會在不知不覺中成為討厭的理由，這似乎是人類的常態。

因為這個人溫柔所以愛上他，哪天也會因為他的優柔寡斷而覺得厭煩。曾經嚮往某人追逐夢想的身影，哪天也會開始懷疑那是否只是毫無根據的自信與無法面對現實的天真，對那樣的遲鈍感到不耐煩。那個人確實擁有自己沒有的優點，然而諷刺的是，正如任何缺點反過來說都是優點一樣，原本看在眼中閃閃發光的優點，哪天也會變成缺點。就這樣，又開始尋找下一個「真命天子」。

找尋自我的人，總是不懂得去照鏡子。

找尋真命天子的人，總是不去細看對方或自己。

追根究底，長得更好看的人要多少有多少，更溫柔的人也一樣要多少有多少，更聰明的人也是，更有錢的人當然也有。即使如此，事實上你仍會因為那個人的缺點而無法喜歡上對方。

世上不存在比這更正確的「喜歡」。

因優點而喜歡上對方，因缺點而愛上對方。不求回報，不需要特別的理由。這就是愛的王道。

找尋「更好的人」或「真命天子」這種講出來都覺得難為情的對象之旅太愚蠢了，早該停止。

那不是找來的，是自己創造的。

首先該做的是檢查輕易「喜歡」上誰的自己的「喜歡」。正確設定「喜歡」的門檻，就像調整腳踏車座墊的高度一樣。如果對方有什麼無論如何都無法改變的地方，你能冷靜和他坐下來討論嗎？或是彼此之間是否擁有足夠冷靜討論的詞彙及距離感？有這樣的度量嗎？有這樣的知性嗎？有這樣的經驗嗎？就算沒有這樣的經驗，夠溫柔嗎？夠有愛嗎？

這種程度的徹底自我檢查，是愛上誰之前就該做好的所有準備。

無可救藥地愛著，
無可救藥的人事物，
我們就是這麼無可救藥。

可愛戰爭結束宣言

看著櫻花，忽然想起一件事。

美麗之中帶有恐怖，可愛之中卻沒有一點恐怖的要素。美麗具有殺死他人的作用，可愛卻倒不如說是已經帶有自殺的況味。美麗不是低溫就是低於冰點，可愛至少還有點溫度。美麗不屑一顧，可愛卻不可思議地盯著你瞧。美麗賭的是一生一次，可愛卻接近永恆。

或許也可以把這裡的「美麗」換成「美」。

說得更具體一點，就能看出「美的」與「可愛的」有哪裡不一樣。

舉例來說，被稱讚時臉頰微微泛紅啦，重要時刻說不出難為情的話啦，找不到適當的詞彙形容眼前的狀況，除了急得哭起來之外沒有其他表現方式啦。若說這些笨拙又直率的行為是「可愛」，那完全相反的，能瞬間把這些事做得完美的，或許就是「美」了吧。

是美麗的東西，還是可愛的東西？是美麗的人，還是可愛的人？

如果要從這兩種選項裡選一個，毫無疑問的，日本這個國家絕對會站在可愛那一邊。

用Google搜尋關鍵字，「美麗」的結果有大約兩億筆，相較之下，「可愛」則大約有四億筆。畢竟後者已經以外來語的方式成為其他國家的詞彙，會有這結果或許也是理所當然。即使不是如此，「可愛」的由來仍可上溯到《枕草子》的時代，歷史與深度皆不容小覷。過去不知道有多少人受「可愛」魅惑。

有人拚了命想持續被說可愛，也有人因為一直被說可愛而下落不明。有想變可愛卻變醜的人，也有始終依賴可愛而變醜的人。有光是可愛卻一點也不可愛的人，也有被要求變可愛而變得不可愛的人。

說到底，每個人類都可愛。

戰戰兢兢地，無法表達自己的好感，對他人的惡意感到震驚，對自己的惡意發出喟嘆，認認真真煩惱人際關係，擅長討好別人，有點依賴，和類似自己的某些人結黨成群。偶爾想起來似地擺擺架子。無論遇到多爛的事，也會想辦法假裝開朗度日，為了讓嚮往的人哪天注意到自己，對流行事物充滿好奇心，內心暗自懷抱期待而生。

可是，要一直維持可愛，就等於要一直迎合周遭的人與流行，迎合每個當下的感情及世界。同時，若想做個世間認為可愛的人，也等於永遠拿不到自我決定權。

沒錯，我就是個徹底反可愛派。

我認為想成為可愛的人這種事很無聊。我討厭竹下通，也討厭七彩義大利麵、彩虹蛋糕和棉花糖。對於那些等著別人稱讚可愛的人事物，早已下定決心看都不看一眼。就算死命抓住了受人注目的可愛，還不是馬上又會出現下一個「可愛的什麼」。世上充滿了徒然的可愛競爭，轉眼消費了可愛，也被人消費。

該放棄靠可愛決勝負的做法了。

該結束對世界逢迎獻媚了。

我想讓這篇隨筆以極私人的方式告終。

我心目中的美人，因為能毫不掩飾地表達好感與殺意，所以幾乎不用煩惱人際關係。因為不逢迎獻媚，也沒必要依賴別人，所以不必結黨成群，不必強裝開朗樂觀，也不需要爭取誰的注目，對別人的注目眼光也早就膩了，一個人幸福地絕望，就是這樣的人。

在學會喊爸爸媽媽之前，
先學會「美麗」這個詞彙的小孩，
不管看到星星還是花壇，都會說「好美麗」。
這個從朋友那裡聽到的說法在腦中縈繞不去。
奢侈與幸福不是爭取來的，
而是在不知不覺中發現自己已擁有的東西。
這個孩子活得多麼奢侈又幸福啊。我要向他看齊。

顯露於外在的本性、真心與情感

我認為，左手與右手指頭上戴的戒指數量，等於那個人能同時愛的人數。

這是沒有根據的說法。我只是覺得平常戴一個就好的戒指，有人卻一次戴上兩三個，這種人不是內心不滿足，就是虛榮心或自信心太強，毫不掩飾自己無法決定戴哪個才好的事。

同時，關於手錶也有各種說法。

有人說，愛用的手錶或想要的手錶規格，等於對異性要求的規格。附帶一提，我對手錶的要求是，一要夠便宜，不管撞壞幾個都能再買新的；二要配備六〇年代復古風格的月相顯示功能，散發一股寂寞和浪漫情懷的手錶。

關於手指、指甲，也都有很多說法。

男人之所以否定女人費心彩繪的指甲，不只是因為無法理解小東西的美感，而是馬上聯想到那些突起的珍珠貝殼裝飾，會不會在做愛的時候弄傷了自己的那個，因此心生恐懼。女人討厭男人髒兮兮的指甲，與其說是因為對男人不在意指甲清潔的邋遢，而產生生理上的厭惡感，不如說是下意識地擔心骯髒的指甲會害自己的那裡生病。

有些女人喜歡男人手臂上浮現的血管青筋。這除了代表男人身體健康、沒有多餘脂肪外，凸起的血管正好可以說是那裡的那個的象徵。戀青筋癖，其實是個最好不要輕易對人說的癖好。

除了手之外，腳傳達的資訊也很多。

因為很多無聊的人老是用鞋子判斷人，所以還是在鞋子上花點錢比較好。要是第一次見面時，從鞋底磨損的程度就被懷疑是否過著疲憊的生活，那多划不來。高跟鞋的高度或許也展現了虛榮的程度。還有，從鞋跟的磨損方式可以判斷這個人的走路方式是身體向前傾，還是拖著腳步向後傾。不管怎麼說，我是不太想一直盯著人家的鞋子看。

受惠時不說「謝謝」，而是反射性地說「不好意思」或「對不起」的人，一定經歷過一番不為人知的艱苦。

動不動就把「原來如此」掛在嘴上的人孤芳自賞，口頭禪是「簡單來說」的人則喜歡主導事情，個性急躁。這些是藏不住的。

個性寫在臉上，動作洩漏真心，聲音背叛不了情感……如果這些毫無根據的假說是正確的，那下面這些假說一定也能被接受了：從領子就能看出自尊，從皮包開口就能看出警戒心。走路的速度說明了從容與否，雙眉之間刻著厭世觀。筆跡透露叛逆，指甲表現的是自責傾向，坐椅子的方式說明的可能是責他傾向吧。在社群網站上說別人壞話或抱怨的人，很顯然是因為自己得不到那些東西。端看嫉妒以什麼樣的方式昇華，就能看出那個人美不美。責怪別人的方式裡，暴露出的是依賴。

光從分手的原因，多半就能看出那個人能原諒或不能原諒的臨界值。所以，總是很想知道對方和前個戀人分手的原因。是說，分手的時機似乎和吐掉口香糖的時機一樣。

絕對的愛出現的地方

不以肉體為目的的男人，連一個也沒有。

不信的話，回去看看男人和你的LINE聊天內容。

「好想見面」也好、「要不要喝一杯」也好、「我累了」也好、「肚子餓了」也好、「好寂寞」也好、「今天很努力工作了」也好、「我們去看電影吧」也好，全部都是「想跟你上床」的意思。這麼說或許聽起來很難聽也很失禮，其實我想說的只是，就把這些話當作男人清純的少女心來接受吧。

假設真的有男人問過你：「還來得及搭最後一班電車吧？」那也只是他碰巧在哪本戀愛指南書上讀過、又剛好記住的一句話，以機械式的口吻說出來罷了。絕對不表示那男人溫柔又體貼。

毫無疑問的，每個男人都一樣，自尊心有點高，得花上一億年才說得出真心話。男人本身就是性器官。就算手裡的日本刀換成了iPhone，武士髮髻換成了三七分頭，性器官依然不變。

所以，要確認他是不是真的愛你，只能看射完之後的表現了。

那正是最適合用來確認男人真心，也是受到他最大信賴的時機。瞬間最大風速剛過之後的愛。我曾聽說，剛射完的男人智商會從原本的數字降到2，雖然不知道是真是假，但至少那一刻的他，絕對沒有能耐說出無聊的謊言。在這種狀況下說的「我愛你」，肯定是真心話。

但反過來也可以這麼說，在射完之後還能用甜言蜜語欺騙女人的男人，只能說是這件事情上的天才了。擅長說謊和講漂亮話，憑著那份誠懇當然也能欺騙客戶和上司，因此工作表現優越，是個能賺大錢的男人。這種男人唯一缺乏的，就是貞操觀念。被這種男人騙了也只能認栽。

再美妙的軀體還是有老朽的一天。在迪士尼樂園或歌舞伎町手牽手散步的老紳士與老淑女，在我眼中看起來總是散發炫目的光芒。或許是因為，他們早在好久以前就克服肉體的問題了。

男人的表面話與真心話

表面話：（聽到女人說「想見面」時）「最近很忙啊。」
真心話：「跟你見面一點都不療癒。」

表面話：「希望你幸福。」
真心話：「不用再見面了。」

表面話：「你的嗜好真獨特，好有個性。」
真心話：「生理上無法接受。」

表面話：「那個指甲彩繪很可愛耶。」
真心話：「只要這麼說就能輕鬆把到你了吧。」

表面話：「累了。」「好睏。」「想見你。」「今天能見面嗎？」「肚子餓了。」
真心話：「想做愛。」

表面話：「你應該很多人追吧。」
真心話：「這女人看起來就是個婊子，是不是掩飾了什麼。」

表面話：「很可愛啊。」
真心話：「不是我的菜。」

表面話：「現在沒有交女朋友的心情。」
真心話：「只想跟你上床，但不想交往。」
表面話：「回到朋友關係吧。」
真心話：「但要繼續維持砲友關係。」
表面話：「我想搬家。」
真心話：「你會願意跟我住嗎？」
表面話：「是說，外遇什麼的太麻煩了。」
真心話：「才怪。」
表面話：「我真的只愛你一個。」

真心話：「最好是。」

表面話：「你喜歡我嗎？」

真心話：「追你真簡單。」

表面話：「我想換工作。」

真心話：「你會想嫁給我嗎？」

與其聽他說「永遠在一起」，
不如確實約好下個月見面的時間。
與其說「我們結婚吧」，
不如默默遞出結婚申請書比較有誠意。
比起說「我要給你幸福」的男人，
三天給你一次巧克力球的男人還比較值得信任。
絕對的承諾不是用嘴巴說的，
只有付諸行動才能遵守，才能實現。

在真愛面前才會出現的言行舉止

來為男人表達好感程度的各種行為打分數吧，一百分為滿分，「超級愛」是一百分，零分表示他對你沒興趣。

不管在哪個國家，當男人問「你為什麼和之前的男朋友分手」時，通常表示他對你感興趣，話雖如此，有時也可能只是想找個不會冷場的話題。十分。

問你現在有沒有男朋友，則證明他想先看你怎麼出招。這也是十分。男人問問題的方式愈是兜圈子繞遠路，分數就可以打得愈高。像是「去年聖誕節怎麼過的啊」或「那個首飾很漂亮，是誰送你的嗎」這種問法就屬於膽小男人的問法，是老派的迂迴進攻方式。

若男人完全相反地，把「你很多人追吧」、「你真可愛」等讚美之詞掛在嘴上，則正好證明他想說的是「不過我對你一點興趣也沒有」。女人說的「可愛」意義多如繁星，然而，男人隨便說出口的「可愛」，大概只和面無表情地說「真好笑」是一樣的意思。男人真心覺得可愛的時候，撕爛他的嘴也說不出來。他們和義大利街頭搭訕你的男人完全不能混為一談。負五十分。

請客是一種社交辭令。不過，請兩次就不是了。三十分。若已約你吃三次飯，他很明顯地有那個意思。如果再加上他是那間店的常客，又是有點貴的餐廳時，大概就能給四十分左右了吧。男人才不和討厭的人去吃飯。另一方面，假設只吃過三次飯就想帶你上旅館，又差不多跌到負五十分了。面對真正想追的女人時，一般男人不會安排老掉牙的發展。他或許喜歡你，但那完全不是愛。

好感度愈高，約會時愈是表現不出紳士舉止，這就是男人。連話都講不好，手忙腳亂，這也是男人。

開場白太長。說一堆誰都知道的廢話。

用LINE或電子郵件問你一星期後有沒有空的男人可拿十分。問明天有沒有空的只剩五分。問今晚有沒有空的一分。這是常識。

明明你根本沒問，就自己說起「我今天發生了某某事」，而且結尾毫無重點時，可以給二十五分。

無關緊要的事可視為告白。即使是男人也一樣。

炫耀得一分。想被認為很厲害這點大家都一樣。又不是新橋[2]的上班族大叔。

問你「願意跟我朋友見面嗎」五十分。這代表他想知道自己的朋友對你的評價，也想知道你對沒興趣的男人會展現什麼態度。順帶一提，他也想在把你介紹給父母之前先知道你會怎麼表現。

說「偶爾也去家庭餐廳吃吧」的男人六十分。或許有些人是出於沒錢這個嚴重的原因。不過，他也可能是想試探自己沒錢時你會怎麼樣。之前每次都請客，卻突然問你要不要各付各的時，可以打一樣的分數。男人討厭被說沒錢，比被說勃起不

2. 新橋是位於日本東京都港區與中央區的繁華商業區，該地辦公室林立，以「白領之街」聞名。

全更討厭。即使如此，他還願意跟你坦白沒錢的話，應該暫時能夠信任他。

關係變得親密後的「不用減肥也沒關係」可打六十五分。當你主動提起要減肥，對方卻不想繼續這話題時，那你最好減肥。

一般認為難度很高的迪士尼樂園約會無法測量分數。因為偶爾也有打從心底喜歡迪士尼樂園的男人。假設是光走進迪士尼樂園剪票口就犯頭痛的男人願意陪你去的話，暫且給他打七十分吧。對那樣的男人來說，去迪士尼就跟假日還要上班一樣痛苦。

做愛時需索無數次的男人可拿七十五分。不做好幾次不罷休，並不是因為男人性慾強，而是他不認為對方已經成為自己的女人，只好一再侵犯。因為男人雖然喜歡你，卻不確定你是否愛他。所謂有點哀傷的距離。

射精後說「我愛你」的男人可打八十九分。他非常愛你。那是砲友絕對不會說的話。在砲友狀態下讓男人說出這句話的女人，還有成就戀情的可能。

不過，真正的喜歡是更實際，更沉重，更哀傷的。

有時甚至不惜令對方感到不安。

平常逞強好勝的男人不經意地抱怨工作或脫口而出的示弱可以打九十分。「我在考慮搬家」也是九十分。「我想換工作……」九十五分。乍聽之下只是隨口商量自己的事，事實上完全不是。

他對你已經超越喜歡或討厭的階段，而是想知道你是否願意把下半輩子交給他，以生涯舞台的規模在思考與你的未來。他想和你一起生活。想確認你是否會好好跟著他。

結了婚，沒有性生活仍感情甜蜜的男人可打九十九分。這時已經沒有其他女人贏得了你。就算他出軌外遇，也沒有任何女人能打敗你了。話雖如此，人生會發生什麼事也說不準啦。

那麼，值得打上一百分的言行舉止是什麼，在這我就不說了，就此唐突擱筆。

願你有場精彩的冒險。

比起想一直在一起的執著，
不如做好總有一天會分開的心理準備。
比起希望對方為自己做什麼的依賴，
不如發揮想為對方做什麼的雞婆。
與其脆弱地因對方而感到哀傷，
倒不如欣喜迎接對方造成的哀傷，儘管這有點不正常。

從閱讀文章開始的戀愛

雖然只是根據我個人的經驗值，倘若筆跡可以診斷性格，或許文體也可以，那麼，應該會是下面這樣吧。

寫漂亮文章的人↓實際上只會開玩笑。

經常寫下帶有攻擊性的文章的人↓實際上非常彬彬有禮，專情，講話很快。

動不動就寫十八禁話題的人↓純情、害臊。

濫用句讀的人↓說話很快，專制，怕寂寞。

片假名特多的人↓時常加班，有珍惜夥伴的傾向。

平假名特多的人↓心機重，給人的第一印象很好，生起氣來很嚇人。

漢字特多的人↓喝醉了很可愛，浪漫主義者，變態，好色。
把一句話寫得冗長的人↓好辯，而且當然很纏人。
用很多表情符號的人↓對愛（尤其是性愛）的要求無論質或量都很驚人。
用很多顏文字的人↓一樣，做愛時對對方的要求很多。
用很多驚嘆號的人↓寡言，潔身自愛，俐落。
文章有趣的人↓除了極少數特例之外，過去曾一點也不受異性歡迎。

「言語是世界的極限。」這是維根斯坦說的。
「文體是解釋世界的依據。」這是三島由紀夫說的。
換句話說，文章體現的是本人。
我沒玩過交友網站，因為這個世界就像個交友網站。我決定只跟寫有趣文章和文筆優美的人見面。真正和這樣的人見面後，只有少數百分之幾的人既不有趣也不美。反之，和文章不有趣或文筆不美的人見面，幾乎百分之百都是無聊的人。

在現代，與某人實際見面前，先見過對方文章的機會更多。不管是出社會前或出社會後都一樣。

在這樣的時代，商業書信這種東西特別耐人尋味。

寫「請多多指教」這句話時，比起全部用平假名的人，寄出夾雜漢字書信的人認真可靠多了。正因這是從當上社會新鮮人那年到退休為止，恐怕得打上千百萬次的平淡句子，更能顯示出書寫者的性格細節。

在彷彿穿上制服般的制式書信中，從「平日承蒙照顧」到「請多多指教」為止，從文體、換行的方式到漢字的切換，在在透露出書寫者無法掩飾的性格特徵，以及每個寄件人當下的寬容程度、焦慮程度、誠意、緊張與悲哀等情感。在正式見面開會前的階段，已經可以想見對方大概是怎樣的人，如果用什麼方式應對的話大概會把事情搞砸等等，能夠推測到相當精確的程度。

「始於網路交友的戀愛是否應該存在？」這個議題早就已經是上古時代的爭論。經歷過各種事後，現代人退回用互寄短歌表情達意、選擇對象的時代。像這樣用甜言蜜語欺騙對方並從中判別對方的真心時，建議各位應該將對文體的解讀正式追加到項目中才對。

若喜歡上某個人的開端不是外表也不是行動，而是那個人寫的文章時，戀情多半會進展得比較順利。

文體、詞彙或文章觀點透露出知性、感性、邏輯性和個性，因此，你喜歡上的肯定是包括這一切在內的東西。至於臉，大家都長得差不多。何況，透過外表建立起的價值觀，某種程度也會反映在文章上。請盡可能正確地從文章中汲取出那種價值觀。

一篇文章的背後，換句話說，有著其他九十九億篇「可能會被寫出來」，卻刻意沒寫出來的文章。

喜歡某人的開端可以是文章也可以是任何東西。多麼無聊的原因都沒關係。即使如此，仍會有個原因順利地讓你繼續喜歡對方下去，順利得完全無法以言語表達。不知道為什麼喜歡上這個人，當我們能一個人承受這份空白時，我們就會發展得很順利。

為什麼會這樣我不知道，為什麼會這樣不重要。

如何輕易攻陷年紀比自己大的男人

喜歡哄年輕女人的男人，通常喜歡照顧人，精神穩定，擅長說話也擅長傾聽。資歷、品味、知識、金錢、威嚴、自信……以上各方面看似都已擁有。

不過，其實他們唯一缺的就是自信。這是我向來秉持的論點。

在和年輕女人同樣的年齡時，他們為了某些原因而無法盡情玩樂，因此現在想藉由與年輕女人的親密接觸來全力挽回青春時代。他們就像是現代的谷崎潤一郎。不過，他們又無法像谷崎愛得那麼優雅。年紀大的男人完全就像一片放在春日陽光下的板狀巧克力，融化成黏膩的半液狀，沒救了。然而，無論全國的爸爸媽媽如何苦口婆心勸阻女兒，年紀大的男人還是會受年輕女人歡迎。

事實上，如果我是個清純的年輕女生，而莉莉・弗蘭奇或蓋瑞・歐德曼或邁茲．米克森問我今晚要不要去喝一杯時，我鐵定也會在幾分鐘內完成全身除毛。

我認為女高中生或女大學生的頭銜毫無價值。但是，就是有些男人喜歡這個。有魅力的男人，任誰看來都（看似）有魅力，沒辦法。

這篇的標題是，如何輕易攻陷年紀比自己大的男人。

可能的話，希望對方謀求的不是自己的頭銜，也不是自己的外表。最理想的狀態是只靠言語和行動，換句話說，就是靠自己攻陷對方。我想到的方法如下：

1. 別撒嬌，讓對方撒嬌

正常來說，對年紀大的人撒嬌是年紀小的人的分內工作，年紀大的人就該縱容年紀小的人撒嬌。

可是，如果想攻陷比自己年紀大的人，必要時最好讓他盡情撒嬌，徹底扭轉雙方立場的優劣。

2. 具體稱讚

根本上缺乏的自信和精神反覆的不穩定是年紀大男人的弱點，讓年紀小的女人產生「想為他做點什麼」的心情。其實，你很容易就能為他做點什麼，簡單得像扭斷嬰兒手臂。

說得清楚一點，只要在對話中說出：「咦，原來是這樣啊，好厲害喔。」年紀大的男人立刻就會膝蓋一軟，臣服在你腳下。平常不是被上司怒斥，跟同事競爭，就是在電子郵件裡跟客戶吵架，或被部下瞧不起。這些上了年紀的男人們無論板著一張臉裝得多酷，骨子裡都渴望受稱讚。只要持續說他好厲害好強好棒，對方遲早會淪陷。

3. 說話時分別使用敬體和平語，出其不意轉換

不用我說，這是耳熟能詳的技巧。用平語拉近距離，再瞬間切換成敬語表現冷淡。如此反反覆覆，把年紀大的男人逼進搞不懂你到底喜不喜歡他的狀況。

4. 故意提及只有年輕世代（或只有自己）才懂的話題

上了年紀的男人很自卑，因為愈來愈害怕落伍。要讓他們明白「和年輕女人交往的好處就是能即時獲得最新流行話題與情報」，用這點讓他們淪陷。

5. 裝作對年紀大的男人身處的業界感興趣

面對不同業種或業界的男人，或是當你們的關係是老師與學生、大學生與高中生時，最重要的是掌握對方身處的環境。為什麼呢？因為這樣更容易讓男人說出他最想講，但也最難以啟齒的話題：抱怨工作、抱怨公司、對將來的不安或徵詢意見。破壞他「以為只是在跟年輕可愛的女孩說話」的驕傲優勢。

6. 故意透露自己日常環境中經常接觸年輕男人的事

愈穩定的關係，愈該讓對方不停吃醋。只要一讓對方吃醋，就等於成功破壞長幼有序的上下關係。

年紀大的男人一點也不值得攻陷。不過，如果還是有人不死心想這麼做的話，以上這些是我建議的策略。因為就連視年輕女人為蛇蠍的我，也曾一度被這種方式攻陷。

惡女入門

惡女就是，在男人問她「對了，你有男朋友嗎」時，知道最好回答「如果我說有的話，你想怎樣」的女人。此外，她們能對並不怎麼喜歡的男人也滿不在乎地說這種話。正因做得出這種不合理又奢侈的行為，所以惡女才能成為惡女。

過去，「惡女」的第一種定義是「外表難看的女人」，第二種定義是「內心醜陋的女人」，第三種定義是「把男人玩弄於股掌之間的女人」。

昭和前期，有個女人趁男人睡覺時，切斷男人的性器官並帶著逃亡。她之所以這麼做，似乎是認為唯有殺死男人才能擁有對方。結果最後遭到逮捕，以殺人罪入獄服刑的她，收到許多男人寄來表白或求婚的情書，據說數量超過一萬封。

那個時代的「惡女」或許還等於「不知道會捅出什麼簍子的女人」。然而，現在已經不同。現代的惡女是冷靜知性又狡猾的女人，懂得如何在現實中以合法方式掌握男人的生殺大權。現代的惡女也可能是從未婚女性手中奪走戀人的女人，也會從已婚女性手中奪走丈夫。奪走之後，可能就膩了，或覺得不是自己想要的，於是又拋棄男人，再找下一個對象。歷代惡女的戰果，我們從各式各樣的小說、電視劇、電影等媒體中看到太多，到了現代，惡女被重新定義為「將男人玩弄於股掌之間的女人」。

本來，惡女受人憎恨是天經地義的事。在阿富汗、伊朗等國家，現在仍把通姦列為死刑，過去日本的舊刑法中也包括通姦罪。

即使如此，即使如此喔。

現在惡女大受歡迎。有關外遇不倫的報導，像一年四季都會施放的煙火一樣照亮了新聞。就各種意義來說，比起先生外遇的女人，做為外遇對象的那個女人更受各方矚目。這個女人雖然與太多人為敵，但是也有一定數量的人發表支持她的言論。對這樣的事實悶不吭聲的加害人惡女，在善惡的彼岸獲得了毅然而生的女主角光環。

「成人，就是青年遭到背叛後的樣子。」這是太宰治的名言。或許也可以這麼說：「成人，就是青少年少女被賭上性命的初戀背叛後的樣子。」為了對這場背叛自己的初戀復仇，化身為一顆只以惡意構成的隕石，到處攻擊幸福的情侶。代替我們這麼做的惡女，就成了令人痛快至極的存在。她們代表遭到背叛的我們哄騙社會、玩弄男人，令所有失戀者想為她們起立鼓掌。

因為失戀而憎恨前男友，到最後演變為憎恨所有男人，發誓總有一天要讓他們後悔。這說起來也是一種健全的想法。那麼，具體來說，要怎樣讓他們後悔呢？

我認為，成為惡女或許正是最好的方法。

大家都是好人。或者說，大家都想成為別人心目中的好人。至於好女人，終究就是個好女人，漸漸地變成有沒有都無所謂的女人，最後變成用過就丟的女人，也就是可有可無的女人。既然如此，只能成為惡女了。

想讓前男友後悔，令他傷心至極的方法很簡單。那就是努力讀書，成為超有工作能力的女強人，賺很多很多錢，上昂貴的餐廳吃飯，最重要的是和大帥哥上床，嚐盡酸甜苦辣滋味，成為一個非常美麗的女人。然而，這麼做只是普通的好女人。惡女就不一樣了。惡女懂得在上述過程中利用男人，輕而易舉獲得金錢與美食。好女人和惡女最大的差異，在於懂不懂得運用「言語」這項武器、如何對男人運用這項武器，並藉此獲得自己想要的東西。最根本的差異，在於知不知道自己想要的是什麼東西。

像這樣成為惡女之後，在路上巧遇前男友時，當對方說著「好久不見」上前打招呼，惡女會微笑回答：「是啊，不過你叫什麼名字？」但在這天來臨前，唯有不斷實踐，在錯誤中嘗試、學習。

毫無例外的，只有認真的女人能成為惡女，只有經歷過失戀絕望的女人才能成為惡女，也只有曾經是好女人的女人才能成為惡女。開朗樂觀的美國人和自由奔放的法國人都沒有成為惡女的資格。

惡女，我認為這是日本女人的天職。

呼之即來的女人和惡女的不同

呼之即來的女人，為了被愛不惜付出一切。

惡女，知道不付出愛才會被愛。

呼之即來的女人，動不動就要求回報。

惡女不期不待，一個人也能過得幸福。

呼之即來的女人總逃避爭吵。

惡女會把醜話說在前頭，絕不退讓。

呼之即來的女人在男人的要求下做愛。
惡女隨自己的心情決定要不要做愛。

呼之即來的女人揮之即去，被對方耍得團團轉。
惡女高興來才來，不高興就走，把對方耍得團團轉。

呼之即來的女人在意別人到底喜不喜歡自己。
惡女在意的只有自己喜不喜歡對方。

呼之即來的女人以成為正宮為目標。
惡女以成為最佳損友為目標。

從大前提來看，和呼之即來的女人的關係即將變得比現在更正式時，往往會對男人造成一些不便。對男人來說，看似方便的這種女人，其實是「麻煩的女人」。

和正宮比起來，雖然有點「麻煩」，但因為還是具有正宮沒有的魅力，所以才會繼續交往。這種狀況已經是男人對女人的讓步了，偏偏這個「麻煩的女人」還想事事配合對方。

說到底，「為對方做什麼」這種想法就一點也不美。

如果想擁有對等的關係，不妨試試「對方要求也拒絕上床」、「對方約你也不要馬上趕去」的方法。

然而，真正能有效改善關係的還是「把對方耍得團團轉」。無論如何，主導權永遠都要握在自己手上。絕對不忍耐，高興做什麼就做什麼。讓對方愛上為所欲為的自己。

如果對方無法喜歡這樣的自己，這段關係也沒有未來可言。

即使是沒有未來可言的關係，只要甜甜蜜蜜的話也沒有關係。不過，如果真心想要改變，就要堅持「不退讓」的中心思想，和對方正面衝突，並且讓對方接受這一點。

讓「女人味」成為過去式

對淑女們很不好意思，不過，這裡有個嚴肅的人類真理。

只以騎乘位做愛的色情影片和只以背後位做愛的色情影片都多得難以計數，而且大受歡迎，相較之下，只以正常位做愛的色情影片幾乎可以說沒有男人愛看。所謂的正常位色情影片，是只有極少數男人愛看的稀有類別。為什麼呢？有個學者說，那是因為幾乎沒有一種哺乳類會用正常位做愛。不過，我覺得有點不對。應該說，因為用正常位做愛時，女人身上那些對男人而言值得讚嘆的凹凸曲線全部凹下去了，這對男人來說一點都不是好事。我認為，這個流傳於街頭巷尾的通俗說法可信度更高。就像不在意吃什麼的男人不需要成城石井這種高級超市一樣，大部分男人都不需要正常位。

聽到「女人味」這個名詞時，我第一個聯想到的就是這樣的正常位。

會搶先幫眾人分裝沙拉的女人已經瀕臨絕種，即使如此，就算改變了場合，改變了說詞或改變了媒體，「女人味」與所有相當於女人味的詞彙仍存在我們四周，隨處可見。

一般用法的「女人味」指的是提高討好別人的技巧，藉此對周遭的人微笑表達親切與好感，便於隨時隨地、隨心所欲回收那些親切與好感，搶奪需要的東西，且毫不留情地拋棄不需要的東西。這種工於心計，分散風險的能力就是女人味。然而，這種程度也不過是小聰明罷了。那種會認為「幫大家分裝沙拉的女人是好女人」的男人，也不可能是多好的男人（除非說他在貧窮環境下長大，連沙拉都沒吃過幾次）。

或者，像是「找尋自我」、「磨練自我」這種令人毛骨悚然的詞，也是可和「女人味」相提並論的存在。泡在印度恆河的髒水中合掌凝視身體的自己，和稍微把指甲做得藝術一點就覺得變可愛了的自己一樣無可救藥。一言以蔽之，都是笨蛋。

靠肢體接觸就能迷倒的男人，不過是靠肢體接觸就能迷倒的笨蛋，稍微打扮一下就能吸引來的男人，打從一開始就不值得吸引。用廉價的技巧取勝，等於昭告天下自己有多廉價。

女人在相親或聯誼的場合吸引男人的技巧正急速公式化，同時，男人在街頭搭訕女人的技巧也以「戀愛工學」之名急速公式化。和超過三千人上過床的男人，只不過是用相同方式擺動了腰部三千次的男人。想真正地活得聰明，就該盡早脫離這種老套的競爭，擺脫公式化的束縛。換句話說，就是讓「女人味」成為完全過時的死語，放棄磨練自我，別再像接受正常位那樣被動接受一切。

不用幫忙分裝什麼沙拉也沒關係，不用勉強自己笑也沒關係，沒有季節感也沒關係，想穿粉紅色的衣服就穿沒關係，智慧型手機螢幕裂開也沒關係。野蠻又怎樣，活著就好。

只要做自己喜歡做的事就好，只要愛能喜歡這樣的自己的人就好。

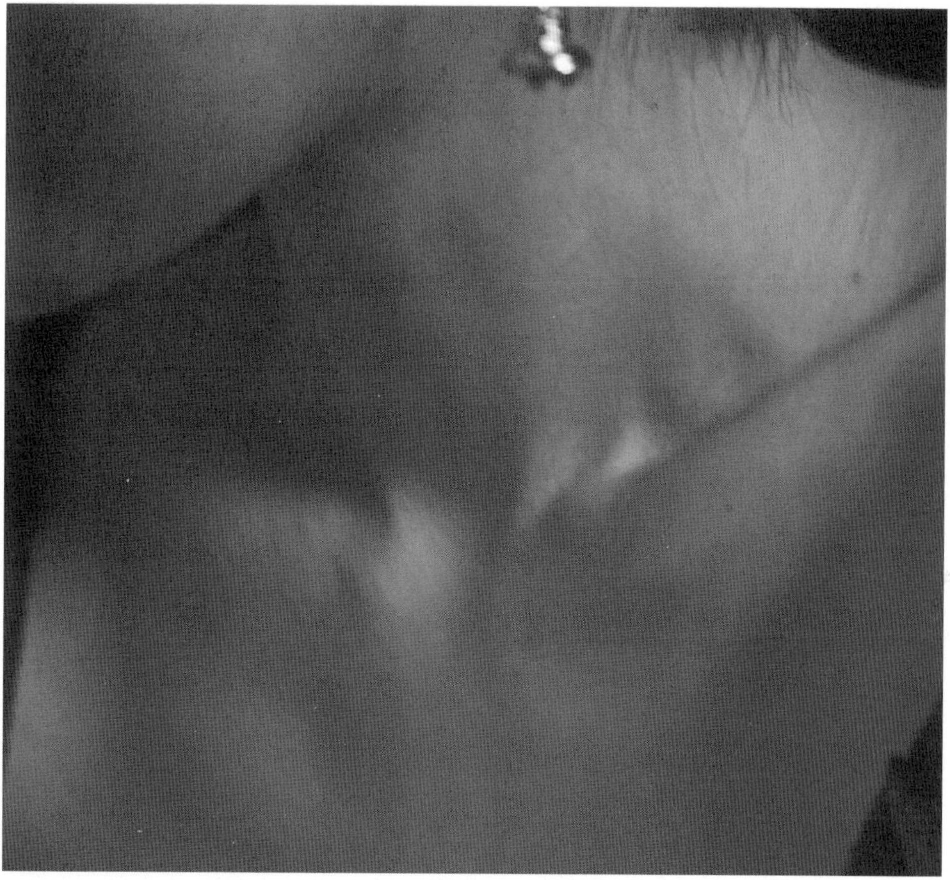

比起說想聽的話，

比起做希望被對待的事，

不說不想聽的話，

不做不想被對待的事，

更難也更不容易察覺，且更令人感恩。

男人真正想去的餐廳

晚餐也好午餐也好，有一種想法是，約會遇到要付錢的情形時，男人請客是天經地義的事。普通男人大都認為「與其之後才被抱怨一些五四三，花一千或兩千的成本吃頓飯不痛不癢」，請客只是為了逃避事後可能產生的危機。然而，有些女人視被請客為理所當然，也有些女人堅持各付各的，當然也有用溫柔語氣央求男人請客的女人。

這是非常人性的、太過人性的場景。結帳這檔事，說起來真是非常麻煩。

所謂合得來合不來，除了性格上的相容與否之外，還有身體上的合得來合不來，不只如此，味覺上合得來合不來更是大事。

這裡的味覺除了愛吃辣或愛吃甜之類的嗜好，也包括對剛煮好的米飯狀態的要求等等。不過，所謂味覺是否相容，表現出來的往往是對一餐花費多少金錢的金錢觀，或對用餐時間、性價比等重視程度的不同。

正因如此，結帳這檔事才會變得更加麻煩。

不論哪個時代，最聰明的請客方法都是趁對方去上洗手間時迅速結帳，而被請客的一方最聰明的應對方式則是在離開餐廳後一邊說：「咦？真的可以嗎？」一邊拿出錢包，再一邊說著：「謝謝招待，那等一下吃甜點或下次吃飯時再讓我請吧。」一邊收起錢包，這種製造下次見面機會的做法最是聰明。

再怎麼樣也請不要在離開餐廳後，當著男人面前掏出千圓鈔票，讓鈔票被夜風吹得劈啪響。想強調自己是獨立自主的新女性，大可以在其他地方強調，讓對方請吃燒肉請得心甘情願，也是一種女人實力的展現。

像結帳這樣，原本是很單純的一件事，如果當場糾纏不清的話，日後肯定會發展成別的問題。無論兩人之間的年齡或收入差距多少都一樣。有些輕浮的男人自以為請客三次就能把女人帶上床，另一方面，女人也不甘願對方只出這點小錢就得逞。為了迴避這種虛榮的拉鋸戰，「請客那方和被請的那方都不要把問題看得太嚴重」是很重要的心態。

剛認識的時候，也可以說是這種可愛的虛榮互角的時候。然而最麻煩的是，就算這樣，男人總有一天還是會想拋棄帶女人去高級餐廳的虛榮。

他們想去的不是連自己吃下的前菜是什麼都不知道的高級餐廳，也不是一坐下就端上一盤要收費的小菜，不知該說貼心還是莫名其妙的昂貴居酒屋，他們只想在樂雅樂或Gusto之類的家庭餐廳，吃上面放了荷包蛋的漢堡排，用叉子戳著小山一般高的薯條，像笨蛋一樣和你聊一些天南地北的話題。或是在家一起煮咖哩飯也不錯，要是能再炸點東西吃更是完美。每個男人都愛漢堡排、炸雞和咖哩、豬排飯之類的東西，也有人每一種都愛。而這些食物在那種菜單上印著什麼風義大利麵佐這個佐那個的餐廳裡絕對找不到。

能不能和這樣的男人交往，或者能不能愛這樣的男人，看的又是「合得來合不來」的問題。如果生理上無法接受這種男人，或許不要結婚比較幸福。

男人都是媽寶。
男人都比少女還少女心。
只是異常懂得如何裝成自己不是那樣罷了。
抱歉啫。

風情與教養

「告訴分手的男人一種花的名字。」這是川端康成說過的話。這句話的後續是「花每年一定會開」。在與花相關的先賢文章中，我最喜歡這句話，從中感覺到出類拔萃的風情。這楚楚可憐的一句話，甚至暗示了分手後的男人看到那種花時，必定不是一個人站在那裡。這句話同時也散發一股復仇的味道。話說回來，很多女性的名字都取自花名的一部分。

花。過去某個瞬間的甜蜜對話。加上曾經最愛的人的名字。

還有什麼能比這種事更能令我們手足失措。

花之所以美麗，是因為它不期待回報。可是，只要行使「被看」的特權，與其說花是純真無邪的存在，我反而覺得正好是一種與純真無邪相反的概念。

與純真無邪意義相反的詞彙是什麼呢？奸詐狡猾？然而，如果換個角度想，即使是妨礙灰姑娘幸福的姊姊們，也是充滿期待而純真無邪的必要之惡吧？

我認為純真無邪的真正反義字，應該是「風情」或「色情」之類的詞彙。那不是惡也不是善，看似迎合獻媚卻又不是。看似不求回報，其實冀求回報到了絕望的地步。就是這種說不上屬於哪邊的東西。

不過，「風情」和「色情」應該不能一概而論。

很多人都希望自己看起來風情萬種，卻罕見有人希望自己看起來色情。針對風情這件事思考時，我發現每個人散發的風情「量」，與那個人至今累積的教養「量」正好成正比。

人家說學習的目的是為了開闊視野，這種說法確實也有些道理。就拿花來說好了，當作生物來看的是生物學，將自然的花瞬間改變為人工美的是花道，用花語寫成一篇短篇就是文學。或者，從一朵花中看出百年憂患的是哲學，以定型文擷取花朵之美的是詩歌學。思考一朵花能在哪裡賣給誰、賺取最大利益的，大概就是行銷學了吧。

觀點愈多愈好，能夠增加享樂的視野。

能從一樣東西上看出豐富的觀點，反過來說就表示，當遇到無論從哪個角度都看不到任何風情的東西時，嘗到的痛苦將會加倍。即使如此，學習確實能加深我們看世界的深度，提高我們看世界的密度。

不過，我也認為學習不光只是為了這個。

我實在無法認同學習只是為了自己的快樂。

比方說，將某種花的名字告訴某個人這種事。

為了能做到這件事，首先得知道什麼名字的花長什麼樣子。為此就必須先學習。當然，不只是花。花鳥風月，森羅萬象。要從萬物之中選一樣東西代表自己，讓自己如香氣一般永遠留存在對方記憶中時，就得先知道對對方來說什麼是重要的，什麼是不重要的；什麼是必須的，什麼是不必須的。或者，對方認為什麼是幸福，什麼是地獄。然後，現在自己擁有的知識能做什麼讓對方獲得幸福，做什麼能讓對方墜落地獄。自己說得出什麼樣的話，又或者說不出。

為了得出上述問題的答案，需要輸入及輸出龐大數量的知識，在錯誤中不斷嘗試。這或許才是學習的本質。

可能也有些人認為教養是為了不管在無人島或獨居房都能一個人心滿意足地活下去。但是，這裡既不是無人島也不是獨居房。

學習的真正目的，應該是這樣的。

培養風情，是為了當遇到那個不知何時會邂逅，也不知道自己是否能擁有的魅力對象時，能只用一點點對話就驍勇地將對方闢進自己的世界。

真正頭腦好的人，不會是一起開心喝酒的人，而是即使一起喝的只是可爾必思，也打從心底感到開心的人。或者，即使只是一起在一成不變的地方散步，也能讓你看見不同風景的人。

而這一切，都拜對方的教養之賜，拜對方對世界的解釋之賜。換句話說，就是拜對方散發的風情之賜。風情不是色情，和穿脫衣服也沒有關係。

那是一種只要站在那裡就會散發出的味道。

不用看對方的臉，因為與外表無關。這就是我對風情的定義。

結婚的原因總出現在難以理解的地方

我很喜歡問已婚者當初為什麼想結婚。問這種問題，往往會被認為是失禮的人。事實上這確實屬於相當失禮的問題。不過，我甘冒這種風險也直問不諱。得到的回答各式各樣都有。

「因為對方的睡臉很滑稽。」

「我不知道，沒想過這件事。」

「已經不是喜歡或討厭的問題了。」

「兩人一起欣賞艾菲爾鐵塔時，我說好像環形監獄喔，對方說確實很像耶。我第一次遇到在這件事上取得共識的人。」

順帶一提，我結婚的原因是「一起喝威士忌時，看到對方因為喝醉了，把菸灰撺進還剩一半冰淇淋的哈根達斯杯裡的樣子」。

我們都喜歡簡單易懂的東西。大家都愛簡單易懂的人。無論男女。他們的喜怒哀樂寫在臉上。坦率。從他們的一舉手一投足，我們輕易就能明白怎麼做能影響他們的喜怒哀樂。愛他們的方式簡單易懂。所以，他們被愛。不過不知為何，我們對他們付出的愛，深度總是非常淺。

想跟某人結婚的原因，總是出現在與戀啊愛啊——這類世間無論誰都能輕易定義的東西或故事——絲毫無關的地方。

以剛才舉的原因為例，看似非常單純易懂，像是用來掩飾難為情的表面話，其實對當事人來說，就像打了一整晚的雷鳴般真實無偽。不是什麼「因為對我很溫柔」，也不是「因為對方長得很美」，更絕對不是「因為做菜很好吃」或「因為笑容很棒」等原因。

我們到現在還不知道有什麼詞彙比「喜歡」或「愛」更能用來肯定對方。相反地，這難道不是因為祖先們始終刻意不去發明超越「喜歡」與「愛」的詞彙嗎？因為對當事人來說，唯一的真實無法用普遍的詞彙來表達。真正的原因說出來也完全無法讓人理解，同時，就這樣無法理解也沒關係。

第二章

人生的模範生與壞學生

想跟沒朋友的人當朋友

「我把你當朋友，你卻肯定不這麼想吧。」這種話我大概聽過一百次。無論站在客觀或主觀角度，我都是一個沒朋友的人。說起來，對於「朋友」這個有點難為情的名詞，我甚至不知道其指涉的人與人之間該保持怎樣的距離才適當。

「朋友」之所以是「朋友」，或許正因為無法保持適當距離吧。

有個女性友人擁有出色到令我嫉妒得想殺死她的繪畫才華，我沒把她當朋友，我把她當一輩子的競爭對手。有個男性友人可愛得讓人差點愛上他，我沒把他當朋友，我把他當一年只見一次面的任性戀人。

所以，我沒朋友。我認為不把朋友當朋友是一種奢侈行為。

然後，我喜歡那些說自己連一個朋友都沒有的人。

在因為「沒有朋友」而感到困擾的人之中，許多人是看了數不清的電影和小說，聽了數不清的音樂，變得愈來愈孤獨，愈來愈想念人群，卻又拿這一點辦法也沒有，焦躁得幾乎要爆炸。如果是這樣的人，我想成為他的朋友。

有誰會想跟「說自己好想要朋友」的人當朋友。一如沒有男人想跟成天嚷著自己想交男朋友的女人交往一樣。人際關係不是裝飾品，若以裝飾品來說，那每個人身上懷抱的孤獨未免太大了。

究竟誰才是朋友，通常得等到分開之後才知道。

同班同學成為老朋友時，才會知道對方是不是摯友。

學生時代的同班同學或同梯進公司的同事，就像被迫搭上同一輛電車的乘客。直到抵達目的地同時下車為止，都被迫持續待在同一個地方面對彼此，是這樣的關係。彼此去了不同地方後，如果還想回到往日的地方和某人交談，那個人才真的稱得上是朋友。

從國一到大四，無論自己還是環境都無聊得讓我憤怒發狂。如果說保持好心情是成年人的義務，那麼年輕人的義務或許是這樣的：比方說坐隔壁的傢伙很無聊、或是以為自己能跟對方分享什麼結果卻無法分享的某個夜晚、又或者是擅自以為誰能理解自己結果卻不然時，所感受到的憤怒與悲哀怎麼也無法被填滿。只能抱著這赤裸裸的寂寞，持續做著自己也覺得莫名其妙的事，直到哪天遇見，不，是遇上了一個寫出和自己一模一樣文字，思考一模一樣事情的人。

我是這麼定義朋友的：

「自己想到或感覺到的事，不必說明得清楚易懂，也不必硬要有個結論，更不必刻意說得逗趣，只要直率地說出口。」能讓自己這麼想，而對方也會這樣直率回應的人。還有，透過電話或電子郵件說這些事會覺得失禮的人。

因為希望彼此維持必要的時候能在言語上刺傷對方的關係，所以無論是交情多親密的朋友，見面前還是會緊張。

萬一這樣的朋友缺錢、失戀或只剩一年壽命，該如何是好？首先，只能自己堅強活下去了。

想再次見面的人

萬人迷這個字，在日語裡寫成漢字就是「誑人」。

這麼說來，「用言語哄騙人，令人發狂」的就是萬人迷。

說得客氣一點，讓我確信萬人迷這種素質在世上所有能力中屬於相當高等級的能力，是當我親眼目睹一個沒什麼學歷、也不靠關係的人，一找到工作進入社會後，轉眼間就平步青雲爬到社會階層的最高處，上演了一齣現代的以下剋上戲碼的時候。

我有個受歡迎到不行的男性友人。

他是在國、高中上下學搭的阪急電車中，一年會有五十個女人反過來向他搭訕的那種男人。滿二十歲時就得了陽痿症，走到哪都要帶著威而鋼。這樣的他，對女人比對五教科七科目[3]還熟悉，自然對考大學一點興趣都沒有，找工作時卻接二連三地獲得大企業的內定。簡單來說，原因就是他長得夠帥。不過，他可不只是長得帥而已。

「竟然有面試官願意給你這種陽痿性愛機器內定，這世界也快面臨末日了。」只要這麼稱讚他，他就露出認真的表情說：「面試這種事是小菜一碟啦。比起面試官聽我說什麼，我聽面試官說話的時間更是壓倒性的久，只要能這麼做就絕對會被錄取。是說，不管什麼時候都是這樣。面試這種事真是無聊死了。」

他說的完全正確。

比起想聽人說話的人，想說話的人總是多太多。

甚至包括面試的場合。

這位萬人迷，確實完全不提自己的事，相反地，他會不斷問對方問題。

就連平常多半只聽人說話的我，他也能讓我想到自己也有想告訴別人的事，進而對他說了起來。他絕不否定別人說話的內容，不管聽了什麼一律持肯定態度。即使話題扯遠了，他也能適度修正軌道，拉回正題。當你想再說更多，或正說到興頭上的時候，他會說聲「那就這樣」，然後就跑了，你以為他真的那麼忙，他哪天又會忽然聯絡你，撒嬌地問：「今天有空嗎？有些話只想跟你說。」你能輕易地想像他對每個人都使用「只想跟你說」這句話當作開場白，但不可思議的是你卻一點也不生氣。

他看起來總好像有點孤單。

然而，實際見了面之後，滿嘴問的都是你的近況。

相較之下，也有人第一次見面就從頭到尾只講自己的事情，第一順位是展現自己多麼有趣。關西[4]就有很多這種人。一開始就不停炫耀自己的人，大概都是沒有

3. 指日本大學入學考的學科和科目。
4. 日本的關西地方。

自信的人，而抱怨太多的人則多半是想討拍的人。

然而，萬人迷既不抱怨也不炫耀。就算講笑話，講的也是貶低自己的話題，不管是自虐語氣或諷刺口吻都不會令人感覺不快。有種說不上來的優雅。

我認為讓人想再次見面的人，毫無例外的，都是擅長聆聽別人說話的人。透過聆聽，透過讓對方暢所欲言，就能把對方哄得服服貼貼。

不過，這種人想說的話，到底什麼時候會有人聽他說呢？

比起希望打電話給誰的人，
希望接到電話的人一定壓倒性的多。
比起說自己想見誰，
希望別人對自己說「想見你」的人一定壓倒性的多。
主動約人的少數派，絕對勝過希望有人約的多數派。
無聊也好無趣也好，
全部當作是自己的錯比較快。

跟討厭的人往來是糟蹋人生

跟討厭的人應該斷絕往來。完全斷絕，一刀兩斷，毫不留情。

或許會有人說，長大成人之後就無法這麼粗暴地斬斷人際關係了。可是，能憑自己的喜好決定環境的也只有成人。討厭的東西就算無法大聲說出來，至少可以聰明地避開，這就是成人。

無論活得多嚴謹認真，還是會有非常惡劣的惡意毫無預警地出現在眼前。這個世界就是一幅百鬼夜行、魑魅魍魎橫行霸道的地獄圖。這麼說或許太誇張，但是跟不願與自己好好相處的人好好相處這件事，除了消耗之外什麼都不是。

偶爾會有那種突然就生起氣來又非常不講道理的人，偏偏這種人待人親切時又很親切，於是忍不住還是原諒了他。不過，跟這種類型的人最好也是儘快斷絕往來。我們既沒有多餘心力去跟這種幼稚的暴力好好相處，就算有那個耐性也不該用在這種人身上。

過了二十歲，人的性格就不會變了。所謂的性格，是由至今為止吸收的無數東西所構成的形狀。

學習五教科七科目有個好處，那就是能立刻學到如何察覺「現在眼前這個人的言行舉止，以邏輯來說、以道理來說、以物理來說或以人類經驗知性來說，都很有問題」的智慧和知識。當你心想「這傢伙是怎樣？說的話怪怪的喔」的時候，那不是出於心血來潮的念頭，也不是直覺，而是因為對方真的怪怪的。和讓你產生這種想法的對象繼續往來下去，只是浪費時間、浪費金錢、浪費體力與糟蹋人生。若無其事地以暴力相向的人永遠不會變，只有你的心會愈來愈腐壞脆弱，變得愈來愈討厭自己。

這種時候，就是應該斷絕往來的時候。

樹立了一個敵人，只要再找五個夥伴就好。世界上最不缺的就是人，所以，討厭的人就該斷絕關係，立刻從對方身邊離開。

拯救世界的菸、酒、哈根達斯

菸、酒、哈根達斯。

只要有這些嗜好品的其中之一，下至男女爭吵，上至世界大戰，種種人類的愚昧行徑或許都能永久避免也說不定，我自己是這麼相信的。

小學時，我在宇多田光的〈First Love〉這首歌中第一次學到「香菸的風味」這個詞彙，隱約知道了香菸這種東西的味道似乎是苦澀而哀傷的。然而，第一次吸菸時，我只覺得一陣頭暈腦脹。從那之後又過了十幾年，想哭卻不能哭的時候，累得筋疲力盡的時候，和誰交換甜言蜜語的時候……所有一切記憶如同下午三點的千層派，層層重疊交織成了一個香菸品牌。到了這個地步只能說是病入膏肓。

我也喜歡討厭香菸的人，喜歡他們討厭香菸的理由。喜歡香菸的人就更不用說了，這種時代還能堅持那個理由，肯定是非常浪漫的人。我也喜歡戒菸的人戒菸的理由。一度戒菸又再次抽了起來的人的理由也是。

簡單來說，和香菸有關的理由，大抵窩囊得無可救藥。

那同時也是一個又一個不合理的，難以言述的故事。而且大概都和不是現在進行式就是過去完成式的失戀有關。多半也和崇拜及豁達有關。吸菸這件事本身就是對世界行使五分鐘的緘默權。這麼說來，新宿和澀谷車站前的吸菸區都消失了呢。這是時代趨勢。那些可愛的討人厭傢伙們不知道都上哪去了。

和香菸不同，與酒精相關的故事則肯定多如天上繁星。

有個非常有名的說法是，人喝醉時採取的行動透露出那個人日常清醒時壓抑的欲望。

一喝醉就睡著的人，平常一定睡太少。一喝醉就發怒的人，平常一定太常裝溫柔。一喝醉就說個不停的人，平常一定太少說話。一喝醉就亂親人或亂咬人的，平常一定太少跟人撒嬌。一喝醉就開始說教的人，雖然滿可愛的，但拜託你還是繼續喝吧。一喝醉就得意忘形的人原本就很得意。一喝醉就覺得一切都很空虛的人，平常一定是太努力了。一喝醉就變得色色的人，請保持這樣下去。

我有個東大畢業的男性友人，平常一副目中無人的樣子，是個典型的傲慢男人。不過，一旦喝醉，他就會噙著眼淚開始訴說自己朋友的優點，說個沒完沒了。人家是背著別人說壞話，他是正好相反。我一輩子都想跟這個可愛的笨蛋做朋友。

和討厭的人喝酒完全不會醉，想醉也醉不了。吃飯也一樣，再好吃的東西吃起來也不覺得好吃。若是換成和喜歡的人一起，再難吃的東西都能笑著忽略。而和喜歡的人一起喝酒就會醉，即使理智決定不要喝醉也一樣。

大概是身體擅自做出判斷了吧。在這個人面前，自己想變成什麼模樣，和這個人想維持什麼樣的關係。

最後。

我還滿當真認為哈根達斯或許能預防世界大戰。退一百步說，就算世界大戰不可能發生好了，我相信大部分人際關係的齟齬都能靠哈根達斯修復。如果因為某些誤會和誰爭吵了，我必定會在幾天後像寄出求和信般送出一杯草莓口味的哈根達斯。只要一手拿起那杯愈吃就會變得愈笨的可愛草莓口味冰淇淋，再一手拿起那根小小的湯匙，幾乎沒有誰會繼續不開心。

說起來，除了活得開心點之外，我們也沒什麼太大的義務。

喜歡的東西就說喜歡，我喜歡能單純這麼說的人。

關於壞話

今晚預定跟人做愛的人，存款有七億日幣的人，剛在薩莉亞吃完荷包蛋漢堡排肚子飽飽的人，一定不會說別人的壞話。會說別人壞話的都是無望做愛，沒有錢又餓肚子的人（我都這麼想啦）。

的確，說別人壞話很痛快。

寺山修司說：「愛抱怨的女人不可能美。」不過，毫不掩飾地用盡全力嫌惡某些人事物的人，倒也令人忍不住覺得坦率可愛。

不過，即使如此，還是建議你最好不要在別人面前說壞話。這與其說是為了避免打壞人際關係或污染環境，不如說是因為大刺刺地說壞話形同向周圍大聲宣告自己的弱點。就算只是小小聲地說也一樣。那就像是在跟第一次見面的對象自我介紹時就老實供出自己性感帶的位置一樣。不行，絕對不行。

有些人想盡辦法也要得到對方，為此不惜採取用否定對方使對方屈服的方式。那是詛咒。但是，真正為你好而對你嘮叨的人，不會採取這種省事的手段。他們會真心誠意，一對一，一而再再而三地嘮叨，嘴都痠了也不放棄。同樣的事嘮叨無數次的人或許很煩，但你最好珍惜這樣的人。能好好用這種方式告訴你重要事情的人無可取代。值得相信。

人際關係失敗的二十個訣竅

1. 動不動就跟人搭訕，動不動就想跟人熟起來。
2. 只重視價值觀合得來的人。
3. 看人只看對方的學歷、年齡、工作和收入。
4. 以為事情不說出口，人家就會懂。
5. 視「朋友很多」為一種價值。
6. 以為「忙碌」是一件很酷的事。
7. 遇到最糟糕的狀況時，總是忘記開玩笑。
8. 叫沮喪的人打起精神。
9. 以為「長久的關係」等於「不用關心對方也沒關係」的關係。

10. 覺得世上有命中注定的事。
11. 太依賴言語，或太不依賴言語。
12. 具備被討厭的勇氣。
13. 為了忘記失戀的痛苦而談下一場戀愛。
14. 試圖從爭吵中找出解決不和的方法。
15. 不當著對方的面說壞話，而是背著對方跟周圍的人說。
16. 以為將來能得到回報才對人好。
17. 把第一印象當作一切，對人家說的話照單全收。
18. 不懂如何高明地撒嬌。
19. 反駁什麼時，自己又不提出替代方案。
20. 藉著酒意踩別人痛腳。

愈吵感情愈差

「愈吵感情愈好。」這句俗語，應該是日本俗語史上最大的謊言。

事實是：愈吵，感情愈差。

的確，能吵架的人有時令人羨慕。若使用色紙來比喻，就是能毫不猶豫最先抽出金色或銀色色紙的人。即使如此，因為沒把握能和好，所以我還是盡可能不想吵架。有些男女無論正在吃飯還是約會，甚至在電車上或剪票口就能吵起架來。星期五晚上十一點，我一個晚上就在新宿車站東側出口看到五對情侶吵架。真是景氣良好的光景，在愛情賓館林立的做愛地區吵架呢。不過這是題外話。

毫無疑問的，分手的前兆就是「嫌麻煩」。

之所以會出現吵架這件事，就是其中一方開始「嫌麻煩」了。

吵架是一種扭曲的耍賴。

比方說，父母叫小孩讀書，以某種意義來說，就是父母沒事找小孩吵架。非得沒完沒了地熟讀他人意見不可的讀書，說得客氣一點這跟自殺沒兩樣。更別說這種父母自己書架上往往只有村上春樹的《挪威的森林》。在這樣的家庭裡，並未做出「開心讀書」的良好示範。只要看到父母讀書讀得樂在其中的樣子，小孩自然會想模仿。正因為父母「嫌讀書麻煩」，小孩當然跟著耍賴了。

「現代年輕人都不〇〇了」的說法也一樣，這只是仍沉浸在舊有「〇〇」裡的大人找的藉口，不過是想賴皮罷了。正因為大人們覺得想辦法振興「〇〇」太「麻煩」，年輕人與時代才不得不跟〇〇說再見。

矛頭永遠都該對著自己。真正該想辦法解決的不是「麻煩」的對方，而是覺得對方麻煩的「超麻煩」的自己。

戀人一旦同居，似乎總是會為了分擔家務或做家事的方法論而起爭執。

1LDK或2DK[5]的狹小空間裡彷彿埋下了無數看不見的地雷，引發規模雖小卻事態很嚴重的戰爭，這就是同居生活。理想的同居生活應該是能高明地依賴彼此。一旦吵起架來，到最後整個家裡都會瀰漫尷尬的氣氛。

吵架是可以避免的，只要舉出彼此「麻煩的地方」，然後徹底容忍或排除那些就行。換句話說就是——無論煮飯或打掃，「誰擅長做什麼就做什麼」或「誰先發現哪裡髒了就若無其事地弄乾淨」。追根究底，也就是堅持「不做自己討厭的事搞得自己不高興」。不去做那麼遜的事，讓自己過得開開心心。如此而已。

人際關係很麻煩。有時光是看到別人的社群網站內容就忍不住一陣煩躁，不過，那大部分時候其實只是因為你正好肚子餓而已。可能是牛奶喝不夠，可能是巧克力吃不夠，可能是睡眠不足。再不然就是存款不夠，自慰不夠，做愛做得不夠。

首先，你該做的是跟自己好好談談。如果問題依然不是出在自己身上，那就是出在世界身上，而不是出在對方身上，絕對不是。

5. 日本房子格局的說法，數字表示房間數量，L表示起居室，D表示飯廳，K表示廚房。

才不需要被討厭的勇氣

為敵。」

罐裝咖啡廣告中，窮小子上班族對神田宇乃[6]說：「我喜歡你，不惜與全世界

那是幾十年前的廣告了。窮小子一說完這句話，看似FBI與CIA的黑衣人立刻包圍他家，世界首腦會議也做出對窮小子展開攻擊的決定，好幾架美軍戰鬥機開始在他家上空盤旋，於是，被飛彈對準的上班族，最後仰頭一口喝下罐裝咖啡，是這麼一個充滿喜劇味道的三十秒廣告。

在這麼亂來的廣告中也有一絲真理。沒錯，戀愛某種程度就是一件與社會或世界為敵的事。絕不是增加友邦與夥伴的行為，更別說談戀愛的對象是神田宇乃了。

6. 神田宇乃是日本明星，也是一位家境優渥的千金小姐。

被討厭的勇氣什麼的，我認為根本不需要。

沒必要特地與全世界為敵。以全世界為敵，就等於擅自敵對全世界。

人生太短，短得沒必要擁有這麼危險的東西。世界上的人太多，你有再多被討厭的勇氣也不夠用。

話雖如此，我也不認為應該討好誰。實際上就算想讓所有人喜歡也是不可能的事，連便利商店賣的炸雞塊都有人討厭了，一定也有不喜歡吃鮮奶油戚風蛋糕的人。即使是湯姆克魯斯都不可能成為真正的萬人迷，畢竟他就無法讓妮可基嫚喜歡他。希望被所有人喜歡的人，可能以為自己是湯姆克魯斯或誰吧。

我喜歡下雨天，我認為下雨才是好天氣。

所以一直以來，我都不斷告訴別人自己喜歡下雨。這也等於間接表示我討厭晴天。我還喜歡貓，經常向人表示我喜歡貓。相反地，狗對我來說就可有可無。再老實招供一點，其實我不太喜歡愛狗人士。

喜歡的東西如果不一直掛在嘴上說喜歡，喜歡的人就不會靠過來。同樣的，討厭的東西如果不說出來，討厭的人就不會離開。這個道理不管到哪裡都永遠適用。

需要的不是被討厭的勇氣，而是不斷說出自己喜歡的是什麼東西。還有，總之先遠離討厭的人事物。如果無法和討厭的人事物保持適當距離，至少要有一點把他們推開的勇氣。或是從他們身邊掉頭離開的勇氣。換句話說，至少要有一點「討厭的勇氣」。

比起被討厭的勇氣，更重要的是討厭的勇氣。你該專注面對的只有自己的情感。

我曾聽過一個說法是，人無法擁有超過五個朋友。我也有一兩個無論如何都不希望被討厭的對象。此外，也有希望對方能喜歡我的對象。除此之外的人再怎麼討厭我，我也不痛不癢。還有，我雖然不喜歡愛狗人士，但也沒有幾個人是真的讓我打從心底討厭的。

說到底，把時間用在負面能量上就是一種浪費。

不會被永久傳頌的東西

如果有一個星球，只用「不會被永久傳頌的東西」組成，不知道會是多麼美麗的星球。

拜Google之賜，從沒去過的地方也好像去過一樣。拜Facebook和Twitter之賜，連一次都沒當面見過的人也好像見過一樣。拜Amazon書評之賜，沒讀過的書也好像讀過一樣。拜電影評論網站與美食部落格之賜，總覺得自己看過許多電影，吃過許多美食。

總有一天想試試看的蠢事，那些YouTuber可能都幫我們做了。攝影技術和文章功力比自己高明的人多得是。既然如此，有時真覺得好像沒必要特地去什麼地方，沒必要特地去看什麼東西，沒必要特地去和誰見面或寫下什麼東西，換句話說，好像沒必要活著。

這種有點小聰明又不是太聰明的小家子氣傢伙，總是哪裡都去不成。

該怎麼做才能好好活著？

我決定這麼做。

發現各種不會被永久傳頌的事物，獨自欣賞。

比方說，有可能是這樣的事：無論外表看起來多麼毫髮無傷的人，一定也有真的想衝去見的人和再也不想見到的人，一定有想去死的夜晚，也一定有什麼故意不說出口的事。

或者，有可能是這樣的事：比起寫出來的，沒寫出來的事情更多。比起拍下來的，沒能拍下的東西永遠更多。

不斷在社群網站上傳跟朋友合照的人，其實真正缺的就是朋友。老是把錢的事掛在嘴上的人，其實真正缺的是存款。滿口都是戀人如何如何的人，其實真正缺的是被愛的信心。幸福的人沒必要宣稱自己幸福，乍看之下溫柔的人，有時其實是個冷淡的傢伙。

冷酷的人，過去可能有過非常溫柔的時刻。

謊言其實是說謊的人暴露了自己拚命想守住的東西，叫人不忍心看。動不動就生氣的人，其實只是膽小。忘了何時失去聯絡的朋友，往往是獨自遭到了嚴重的變故。連個朋友都交不到這種事，對當事人來說經常是唯一真正發生過的事。

我想獨自欣賞這些事，這些乍看之下無可救藥的事。沒有必要向任何人炫耀。

所謂溝通能力，就是不對任何人事物懷抱期待

真正的愛是打死也無法直接將「我愛你」說出口。還有，狀況不太好的時候，人們總是會用「完全沒問題」來掩飾。這麼說來，企業都說「敝公司需要具備溝通能力的人才」，豈不正代表這間企業根本沒有具備溝通能力的人才。又或者，這間企業完全放棄嚴格定義何謂溝通能力，只是「未經深思地尋求籠統的東西」。

假設有個正在找工作的準社會新鮮人自稱「具備溝通能力」，我一定會打從心底懷疑。就算他在自我介紹時說：「我是個人類。」我也會想反問：「你真的是人類嗎？」

企業要求正在找工作的準社會新鮮人必備溝通能力，這件事從十年前到現在都沒變過。真是滑稽到了悲哀的地步。

以為在日常生活中加入一點外語就能改善溝通狀況，那是不可能的事。

舉個例子吧，假設這裡有個溝通能力超群的百人集團。

這一百個人無論說話能力、聆聽能力或非言語溝通能力都超越常人，在他們至今的人生中，只要想被誰喜歡就會被誰喜歡，從來沒被人討厭過，也從來不用擔心考試前借不到筆記。換句話說，他們從來不用糾結於人際關係，人生從未經歷挫折與苦惱，就是由這麼一百個天生的萬人迷組成的集團。

基本上，公司這種地方如果無法產出任何價值，就會倒閉。

這個集團如果單純只是學生集團也就罷了，這一百個人如果只是在「笑笑居酒屋」或「牛角燒肉店」包下包廂聚會也很好。問題是，這個集團如果是公司的話，這間公司能提供的價值就只有「讓人覺得心情還不錯」。這麼一點價值，甚至比不上貓咪咖啡、蔦屋書店或特種行業，是個毫無競爭力的價值，而缺乏競爭力的價值總有一天會暴跌。

真正該具備的溝通能力是什麼呢？

如果人類能把想說的事全部說出口，世界上就不需要有小說、書信和音樂了。溝通能力只是如此膚淺的東西嗎？

來分享一件我個人的事。

前幾天，我去新宿的選物商店買包包。我想找一個好一點的包包，看上一個黑色的皮包，翻開標價一看，竟然要五萬日圓。這不是個能不假思索掏出錢的價格。看我站在皮包前不動，附近一位長得跟小田切讓一模一樣的高瘦男店員便走過來，用媲美男低音的嗓音說：「這是義大利的工匠在工房裡花整整一年時間手工製作的真皮包，每款只有一個喔。」接著，他開始充滿自信地細數這個皮包的優點。

我立刻打斷他，那些事對我來說一點也不重要。我回應店員：「對了，小哥你長得真帥。」聽我這麼一說，小田切讓「咦」了一聲就僵住了。或許他以為我是男同志吧。看到不知所措的他，讓我也一陣不知所措，就這麼落荒而逃，速速離開了那間店。

他想賣的，是那個皮包的內涵，也就是「遙遠國家的工匠故事」。然而之於我，要不要買下這個皮包，卻取決於「眼前的他是什麼樣的人」。他丟出的球是商品的異國魅力，這樣的他對我的回應有所期待，這麼做與這麼想就是一種溝通。男用皮包大同小異，對顧客闡述商品中的故事無疑是一種有效的促銷方式。

可是說起來，皮包這種東西根本沒必要去實體店買。我之所以會到店裡買，是因為我想買的是偶然相遇的店員魅力，也是自己和店員之間交織的故事。我和店員之間的故事裡不需要遙遠異國的情節。我暗自懷抱期待，所以才會說出那句唐突的話，這也是一種溝通。

不過，我們之間透過溝通架起橋樑的可能性，卻因我這句莫名其妙的話而產生不可逆的失控。我這無法挽回、無可救藥的極度個人體驗，使我對「何謂溝通能力」做出了一番假設：

對話就像其中一方先射出一箭，另一方再射出第二箭，就這樣反覆來回。第一箭和第二箭多半會射偏，此時能否挽回這場溝通，使其不至於失控，就看是不是能迅速且正確地射出第三箭。雙方的期待一度被破壞，端視彼此如何盡早修補，增加對話內容，好達到當初的目的。

我認為，真正的溝通就是這樣。

說得簡單一點，這或許是一場不能擅自懷抱任何期待的對話之戰。

徹底拋棄「自己不說對方也能明白」的暗自期待吧，該做的是好好說出「我想要這個」、「所以我希望你這麼做」。以剛才的例子來說，我應該換個角度說：「還是說點別的吧。」他則只要回我一句：「是啊，我知道自己很帥。」這樣就好。

最能考驗溝通能力的，或許是初次見面的場合，不過，比起工作或學校等公領域環境，我認為同性或異性開始同居的私領域環境，更能從各種層面複合式地決定環境的優劣。

不是「因為你這麼做所以不行」，而是「只要這麼做就可以了」，在私領域環境裡更需要像這樣持續地正面轉換言語。

自己不說對方就不會明白。無法傳達。就算傳達了，一次也是不夠的。即使對方不理解，還是要原諒他，持續傳達直到他理解為止。不管多少次，透過不斷轉換表達方式來傳達。就算自己已經遍體鱗傷仍持續傳達。這種以放棄為起點的「不期不待」，或許才是溝通能力的基礎吧。

愈是看似上流高雅的人，
愈會開驚人下流的玩笑。

愈是看似溫柔的人，
愈會選擇強硬的詞彙說出冷酷的話語。

看似對誰都隨和無害的人，
多半不是那麼親切。

對人的第一印象，除了對方的本質外，
通常也包括了與本質完全相反的東西。

一度留下的負面印象，
最好能在經歷三次判斷之後才確定，
否則多半是誤解。

最好在出社會第一年記住的十件事

今年春天剛出社會的學弟問我，成為社會人士之後最好記住什麼事。可是，夏目漱石過去曾在提及「大和魂」時說：「每個人都說過，但沒有人見過，每個人都聽過，可是沒有人遇過，大和魂這種東西就跟天狗一樣。」這裡的「大和魂」可以換成「大和撫子」，也可以換成「社會人士」。

換句話說就是，那種東西根本不存在。

沒有誰為社會而活，沒有人為公司那種地方而活。可是，當時的我沒能給他這個隨便的答案。如果下次他再問我一樣的問題，我還是會寫下以下這十條注意事項送給他，一方面也是自我警惕。

1. **報告、聯絡、商量，是菜鳥把責任轉嫁給上司的最高特權。**

總之請盡量使用「報、聯、商」吧。和小學、國中、高中、大學時不一樣，現在站在你眼前的絕對不是教育專家。盡量問問題，只是要稍微顧慮一下時機，憑心情做事的人比你想像中還多。

2. **不喜歡你的人，不管你做什麼都不會喜歡你。**

如果有人喜歡你，只要用最大誠意報答他即可。至於不喜歡你的人有何反應，就不必一一放在心上了。世上的人這麼多，公司也這麼多。

3. **一件工作，要做到下次仍被委託做一樣的工作才算完整。**

4. **即使忙碌，只要一表現出有空的樣子，人們就會靠近你。**

真的很忙時，要記得適度偷懶。最好在公司外找到五個偷懶也不會被發現的地方。因為人體的構造被設計為一天只能專注幾個小時。

5. **認為加班萬歲的公司遲早會毀滅，你也會。**

一間公司的常識，有時換到另一間公司就會變成沒常識。最重要的是自己的原則。只要守住這個就好。

6.**週末要做的事，差不多星期三就該決定好**。

平日是為了週末而存在的，人只為了玩樂而生。

7.**到最後還是取決於「人」**。

工作的好壞，最後還是取決於上司。若直屬上司做出糟糕的判斷，應立刻去找他的上司談。無法溝通的話就再往上找上司的上司。這種上司過去大都曾與部下不合。大部分人離職的真正原因都不是為了薪水，也不是為了想做的事，問題出在上司，這點過不久你就會明白。

8.**該道歉賠罪時，隔天就去做**。

先寄電子郵件道歉，然後當面道歉，下次再見到面時，還是要再次道歉。這麼一來，萬一哪天又發生了什麼非道歉不可的事，上次過剩的誠意還會發揮作用。

9.**工作就是無聊閒談的延長**。

總之就是閒談，在抽菸區或什麼地方都可以。如果能聊到讓對方認為什麼事只要拜託你就有辦法解決的話，那就再好不過。故意展現笨拙的一面也有一定的效果。愈是笨拙的人，愈容易受到寵愛。

10. 被交付的工作通常都是單純的作業，稱不上工作。

人光是勞動，就會覺得自己好像做了什麼。在終於能做真正想做的工作前，請保持旺盛的好奇心和警戒心。想要好好地這麼做，就要擁有充足的睡眠。別因過勞而死。

當自己被無中生有地指責做了完全沒做過的事時，
愈有品格的人愈不會說什麼藉口，
所以才會落入地獄般的境地，不過，
如果此時有人義正詞嚴站出來說：「他不是會做這種事的人。」
就會覺得那個守護自己的人是天使。
天使平時看起來可能只是個噁心老頭，
大家可得多注意才行。

大停電的深夜裡

腦海中偶爾會浮現大停電的夜晚。停電持續了好幾晚，原因不明。網路不能用，手機也沒電了的世界。沒有電視，沒有收音機，當然也沒有報紙。即使是深夜，都市暗巷裡連半盞路燈都沒有要亮起的意思。夜空與其說是星空，不如直接說是宇宙吧。

這樣的夜裡，出門散步的人一定會變多。巧克力和蠟燭的生意一定也很好吧。無法再和喜歡的人見面。出現創造新星座的人。暫時也吃不到 7-11 的炸雞了。白天，在書店裡完全不暢銷的詩集區前，翻閱書的人或許會增加一點。「再見」這個詞，從大停電的隔天晚上開始，靜謐地重拾它的暴力與美。

大停電持續了一天又一天。

每個人都以為總有一天會結束，大停電卻持續了好幾年。幾乎所有的人，到死也無法把想說的話告訴想說的人。不過，尚未進入大停電的這個時代，狀況其實也差不多。

百年之後，「再見」這個詞彙說不定已經消失。

我最近才知道，有些新世代的人連黑色轉盤式電話是什麼都不知道。事實上我自己也只在神戶的小古董店看過實物。黑色轉盤式電話現在變成了幸福又孤獨的居家擺飾品。我們擁有的東西，總有一天都會變成古董。在那個用完全不同的話語來表達別離的時代。

曾經有不認識的人寫電子郵件來，要求我帶她去深夜裡的東京鐵塔四周逛逛。我們相約深夜一點，在芝公園碰頭。那是個冬天，出現的那個她從事賣香菸的工作。當時東京鐵塔當然沒有點燈。不過，她自己是不抽菸的人。我們一起散步，暢談總有一天想實現的夢想，然後分手。此後我再也沒有見過她。

想到百年之後這座電波塔會消失就覺得好討厭。雖然覺得這事好討厭的我到時候也不在了。

我喜歡夜晚，沒什麼討厭的理由。我原本就不喜歡明亮的事物。

儘管只是偶爾，我也想過便利商店其實可以不用深夜營業。不過，一旦沒有深夜營業的便利商店，喜歡在深夜無人的便利商店工作的人不就無處可去了嗎？我自己也無法在深夜裡去買冰淇淋了。看不到那些臭著一張臉、小聲招呼又面無表情的可愛店員，還有在便利商店前抽菸的深夜計程車司機。

埼玉某間學校的校長說過，學生的特權，就是隨時可跳上與本該搭的電車完全反方向的車。對我來說，徹夜不睡正是如此。一個人漫無目的，搭上奔往沒有半個人的地方的最後一班電車，那種帶點罪惡感的興奮感覺。

深夜玩手機太沒禮貌。其他時候就算了，至少一個人的時候想好好地獨處。即使如此，還是會有想要有人陪伴的時候。

在這樣的深夜裡，唯一希望的事是，在放棄夢想的時候或失去重要事物的時候，至少能有一個人靜靜聽自己說話。不是想找人商量，也不是想給別人意見。不需要肯定也不需要否定，不是要人褒獎也不是想聽針砭。只是想靜靜地說話，直到其中一方壞掉為止。只有說和聽的夜晚，人生裡還能有幾回呢？總覺得我只為了這個而活。

想搶什麼就去搶，
想傷害什麼就去傷害，
想見面就去見面，
覺得不能說出口的話，
就去說明為什麼不能說出口，然後接受嘲笑，
想走紅就去好好學習現在世間走紅的是什麼，
不想學習就去玩，
想死就去睡覺，
不然就吃點好吃的東西，
以上。

拒絕上學的學生

相信每個人都會認同，學生能享有的最高特權，就是可以不用去上學。

我以前是個正牌的「拒絕上學的小孩」。從幼稚園到高中，一週五天的課，我只去上兩天。有個饒舌歌手叫「漢 a.k.a. GAMI」，我是「a.k.a. 一週只上學兩天」。我每天早上都用盡全力拒絕上學。學年主任不知道暗示過多少次再逃學就要開除我的學籍，結果最後我還是想辦法讀到了大學，真要感謝父母。

我並沒有被霸凌，父母如今也健在。到現在還是會有想見面的老朋友，也有幾件彼此一說起來就懷念不已的往事。在校成績並不差。

但是，我還是拒絕上學。我非常討厭去學校。

有天，放學後我走向導師辦公桌，問老師：「您現在有空嗎？」老師回答：

「有喔。」我就跟老師商量：「那個，我就是不想來上學，可以讓我做拒絕上學的學生嗎？」老師眨了幾下眼睛，猛地從椅子上站起來，抓住我的手臂二話不說拉進面談室。

「哎，其實我以前也像你這樣。」一坐上沙發，老師就這麼開口。

「我也跟你一樣討厭學校，老是爬上家裡的屋頂，從早到晚都在玩業餘無線電，跟不認識的人說了好多話。當時的我和現在的你一樣大，我和大學生說過話，也和加拿大人用無線電聯繫過。對方不會說日文不是嗎？於是為了跟他溝通，我拚命學英文，回過神時，已經在從事現在這個職業了。很好笑吧？我雖然拒絕上學，卻是個認真的小孩。」老師搔著眉毛繼續說。我很喜歡這時候一臉認真說起這件事的老師。

「不想上學的話，不要勉強自己上學也沒關係。不過，一定要找一件熱衷的事。也不要忘記你需要有人陪伴。我會想辦法讓你順利畢業，你就做自己喜歡的事吧。」老師又這麼補充。我想，老師大概也喜歡我。這位老師當下毫不遲疑地做出了可能影響自己加薪的決斷。

那天之後，我成為老師正式承認的拒絕上學生。

每天早上，我裝作去上學的樣子，其實穿著制服去了市立圖書館好幾百次。業餘無線電這種需要高度技術的事我不會，我所能做的只有不斷閱讀開放式書架上那些已經死掉的人說的話。現在回想起來，一個小孩平日從早到晚都待在圖書館一角看書，怎麼想都會被少年隊帶回警局輔導才對吧。

但是，少年隊沒有來輔導我，或許是因為我從小就長得比實際年齡老成，看起來像個正在準備考大學的高中生。即使如此仍太不合理，當時我可才國三而已。

雖然只是我的推測，但是，一定是圖書館阿姨躲在書架後面悄悄關照著我吧。決定讓我這個無處可去的孩子暫時待在那裡，一邊想著或許該跟我談談，一邊卻什麼都沒有說。

看書看膩了之後，我再次回到校園。因為我發現，學校之所以無聊不是周圍環境的錯，是我自己的問題。也或許是讀了青春小說的我熱血沸騰，想試著改變這個無聊的人生。老實說，就是開始需要有人陪伴了。

聽說九月一日是最多學生自殺的日子。

不想去上學，可是又不能待在家。無法對父母啟齒，老師又距離太遠，沒有朋友。連一個願意接受自己的人也沒有。可能有人會認為「竟然為了這點小事就自殺」，但那是非常堅強的人的想法，事實上就是有人會只因這種理由就選擇死亡。

如果不想上學，不去也沒關係，這種時候只要去圖書館就好。若能有更多大人這麼說，一定會有更多小孩不用死。

當上老師的人，基本上都是喜歡上學的人。但是，唯有一樣討厭學校的大人，才能拯救討厭學校的小孩。

其他的不說，圖書館阿姨一定也願意接納這樣的小孩。說起來，假使過往人生中沒有人願意理解自己，這種人也不會去當圖書館員。或者說，不該去當。

討厭學校的話，不要去就好。可是最好持續學習。

至少讀點書。並不是因為這樣會變聰明，而是因為讀了書就知道不聰明也沒關係。書本會告訴我們，無論變成怎樣都活得下去。

如果連朋友、父母或老師都不要的話，去一趟圖書館，慢慢找尋能成為朋友、父母或老師的書就好。等到讀膩了，或是腰痠了，為了再次受傷而離開圖書館就好。至於學校，想去再去就好。

最終判定人生品質的不是那個人的美醜，
不是年收入也不是學歷。
而是在於那個人跟誰相遇了，
以及他能對相遇的對象說什麼。
即使在升學、就業時失敗挫折了，
只要能夠遇到自己喜歡的人、帥氣得令人崇拜的人，
或即使被騙也不在乎的人，
那就是最棒的事。

能留在世上的不是收到的東西，而是給出去的

每次在挑選送人的禮物時，總會想起過世阿姨的話：「對喜歡的人就要不時送些小東西，出其不意地送。」事實上，聽說姨丈就是被她用糖果巧克力攻陷的，她根本是駐日盟軍總司令。無論哪個時代，男人總是很好騙。

忘了在哪聽過，挑選送男人的禮物時，最好挑不管對方當上首相還是變成遊民都能用的東西。確實沒錯。

收到禮物最開心的，是想到彼此見不到面的時候，對方為了好惡分明的自己絞盡腦汁思考該送什麼東西，再難抉擇也不放棄，費盡心思與時間，只為挑選出一個最適合自己的禮物。

站在收禮者的立場，這樣也就夠了。問題是，等到自己成為送禮那一方時，事

情可就沒這麼簡單了。

如果送手錶，感覺好像在說「未來一起共度吧」，會不會給對方太大壓力了？改成送錢包，又擔心對方最喜歡的還是現在正在用的那一個。送衣服總有強迫對方接受自己品味的嫌疑，送香水更是。送鑰匙圈又太疏遠了。送項鍊或耳環，對方就非戴不可，這樣也不好意思。但對方若從來不戴的話，自己又會覺得受傷。送家電未免太偷懶，會對這樣的自己生氣。送食物來打發又太寂寞了。

乾脆拋棄羞恥心與自尊心，直接問對方想要什麼，什麼都可以，說來聽聽吧。這麼吶喊的那天，對方卻露出社交微笑說：「我沒什麼想要的東西耶。」到最後還是只能自己抱頭苦惱。

想盡可能花錢買好東西，又怕太昂貴的東西造成對方壓力。話雖如此，便宜貨也不行。這種時候你該想起的，是自己收到真正喜歡的人送的禮物時，不管是什麼都會很開心。重點不是價錢，從以前到現在都一樣。所以，自己也不該在意禮物的價錢，放心挑選，放心送出去吧。

光是這樣，對方一定還無法感受到你的心意，那麼，再加上一封信吧。沒有任何禮物勝得過手寫信。就算遇到最壞的狀況，那封信最後被丟了，對方也一定永遠不會忘記自己把信丟掉的事。

這個時代還會親手寫信的，根本是不良少年。賀年明信片也是。所以賀年明信片的廣告真的不要再找「嵐」代言了，應該在路上找個不良少年，拍他認真用歪七扭八的字寫明信片的背影就好。

鳥死後留下羽毛，牛死後留下頭骨，人死後留下的就是名字。

不過，有更多人死後連名字都不會留下。就因為世上有許多死後連名字都不會留下的人，所以才有數不清的小說流傳後世。

真正會留下的是什麼呢？就是某人送給某人的東西，不是出於自己想要而買下的東西。為什麼這麼說？因為自己死了之後就不能愛任何人了。唯有用盡全力送給某人的禮物，才一定會留下來，和那個人微不足道的故事一起。這麼一來，就會半永久地，留下來。

手寫信也好，禮物也好，與其說是為了對方而存在，不如說是為了確定自己和對方曾經活過這個時代而存在。

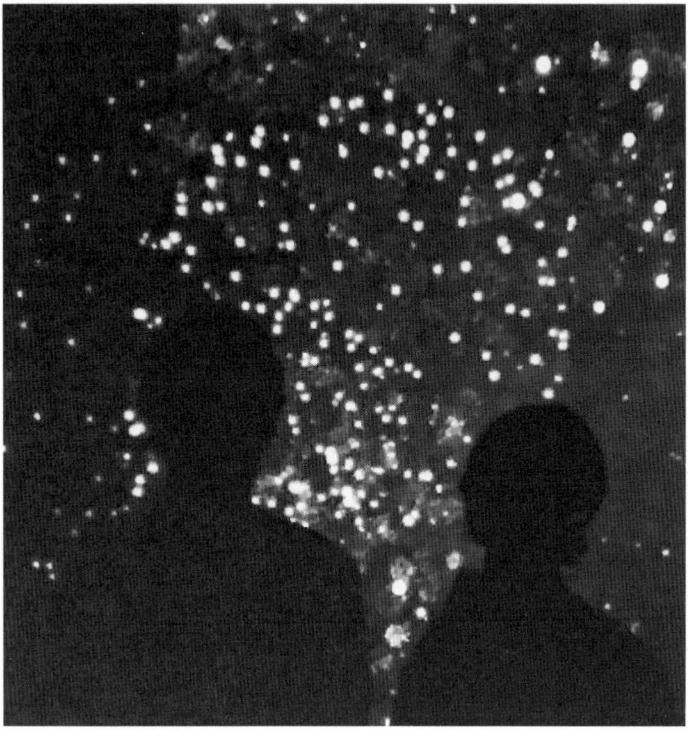

「戀人」這個詞彙，比起「男友」或「女友」，
給人更遙遠、非現實的印象，
帶點急迫的謙虛，卻又有著哀愁的深度，
不知道是為什麼。
或許是因為戀人這個詞彙沒有性別之分，
也與其生死無關。
即使戀人已是亡靈也無礙於使用這個詞彙。

第三章

說你寂寞

獻給最纖瘦最爛最可憐最不幸最幸福又最奢侈的二十歲前後世代的散文

十八、九歲到二十五歲前那段時間，耳機裡聽過無數次的音樂和反覆閱讀無數次的小說與詩。或者，在糟糕透頂的日子裡忽然發生的委屈到難以想像的事。無法忘懷的夜晚。誤會。遭欺騙的事。受到救贖的事。沒錢時誰請你吃飯的事。憎恨的事。沒想太多就租來看的電影。喜歡的人。和那個人分手的方式。

這一切就像咖啡杯底部怎麼洗也洗不掉的咖啡殘渣，永遠殘留在每個人心中，頑強附著，同時，無論自己願不願意，這一切將決定此後你如何活過一輩子。

超過二十歲，人的性格就無法改變了。

那之前的回憶支撐著我們活下去，也緩慢地殺死我們。

或許有過好事也有過壞事。從那之後，近乎疼痛地一眼就能判斷初次見面的人是否和自己互相理解。只要一個相接的眼神或錯開的視線，也能立刻看出那個初次見面的對方是否和自己下意識想著一樣的事。是「至今從未遇過這樣的人」或是「對方也沒遇過像我這樣的人」。

這麼一來，不是互相傷害就是選擇分開了。看是要愛，還是不要愛，只能做出這個選擇。這是小時候在公園裡就經歷過的事，長大之後只是換了地方，如此而已。

世界上沒有「大人」這種生物，有的只是擅長裝成大人的小孩。就像小孩有時也很擅長扮演小孩一樣。

請堅定貫徹你的喜惡，並且讓愛這件事超越單純的喜惡。同時也要能愛矛盾。大人不太會告訴你，過了二十歲之後依然不斷發生感傷的事其實是很棒的，不過，大家只是不說而已。希望你有一天能遇到不用喝酒也能聊上話的人，還有讓你情不自禁想戒菸的人。在那之前，繼續當個不正經的人也沒關係。

最後，在那個永遠無法忘懷的深夜來臨前，祝你擁有無數個和那錯身而過的夜晚。

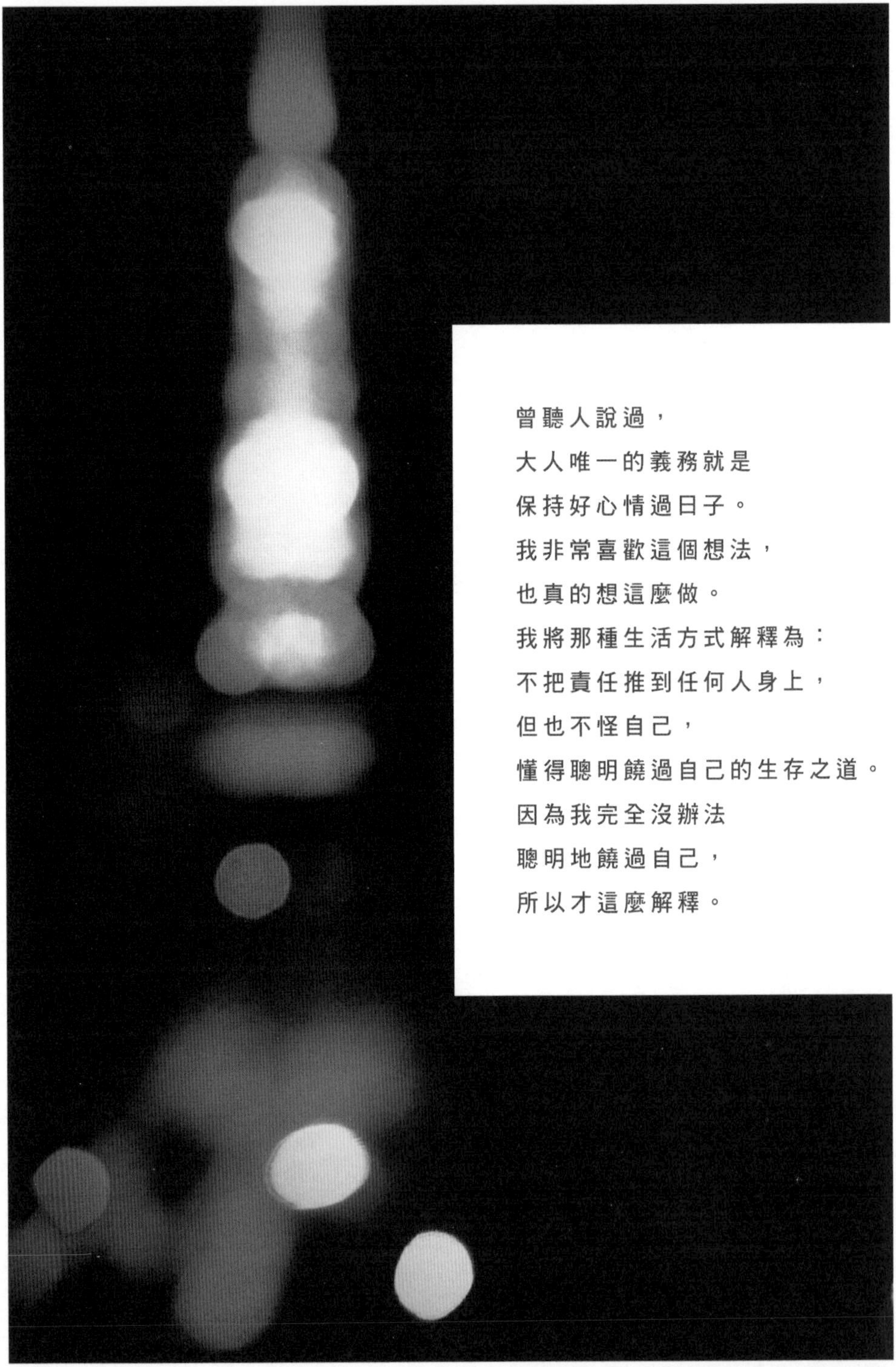

曾聽人說過，
大人唯一的義務就是
保持好心情過日子。
我非常喜歡這個想法，
也真的想這麼做。
我將那種生活方式解釋為：
不把責任推到任何人身上，
但也不怪自己，
懂得聰明饒過自己的生存之道。
因為我完全沒辦法
聰明地饒過自己，
所以才這麼解釋。

如何應付嫉妒

假設今天有個人每天早上洗臉時，都對著鏡子下定決心絕對不當色狼或殺人犯，那麼這人總有一天一定會變成色狼或殺人犯。努力不說人壞話的人，只要一喝醉就會成為一把不停發射壞話的機關槍。什麼東西遭到禁止時，人就會猛烈地欲望那樣東西。仔細想想，刑法根本就是一本人類欲望型錄。

如果有人對我說自己能活得毫不嫉妒，我想跟對方說，勸你最好不要。忍耐很不好，那簡直就是在煽動殺意。不是教唆殺人喔。

很多人都想活得不嫉妒，也有很多人認為嫉妒是情感類別中最醜惡的一種，畢竟是七大罪行之一嘛。的確，嫉妒的激烈程度足以把當事人搞得一團亂。

不過，首先，要人不嫉妒是不可能的事。我們絕對不是聖人，順便一提，我們也不被神所愛。

環顧街頭，到處都充滿了某人自豪的產物，路上就不用說了，就連辦公大樓裡或街燈下也一樣。路上行人的鞋子和洋裝都是，UNIQLO的衣服也是。紀伊國屋書店和HMV和蔦屋書店裡陳列了卓越的才華，怎麼也達不到那種水準的一般人則在Facebook或Instagram上傳以時尚角度拍下的美食照片，就算不這麼做也會隨便說些大話，藉此維持自尊心。附帶說明，幾年前我在Facebook留下最後一句「真希望有一天成為傭兵」之後，就刪除帳號了。

我認為，盡量嫉妒有什麼關係。

不是非得嫉妒不可，而是嫉妒也沒關係，不，不如說應該要嫉妒。

對什麼感到不安是一種警訊，表示自己準備得還不夠。

嫉妒可以想成另一個認為「或許哪天會勝過對方」的自己，在那個當下敲響了代表「比賽開始」的大鑼。

沒錯，嫉妒是只對贏得過的對象才會產生的反應。

我有個插畫家朋友，每次見面時，我都會當面對他說：「非常期待你再也畫不出來的那一刻。」和組樂團的朋友見面時，我也一定會當面對他說：「我打從心底期待看到你放棄夢想。」其實我對會畫畫的人和會創作音樂的人羨慕得不得了，因為我美術總是拿零分，也老是被鋼琴老師罵。

所以，面對擁有這方面才華又年齡相仿的朋友時，我才會用盡全力希望他們懷才不遇，毫不掩飾地當著他們的面表達我的嫉妒與羨慕。這是我用自己的方式做出的宣戰。

嫉妒的類型有很多種。有對他人美貌的嫉妒，有擔心戀人前一個對象橫刀奪愛的嫉妒，有人嫉妒工作拿不出成果卻平步青雲的同事，有人嫉妒能活得放蕩不羈的人……嫉妒大概都以說人壞話的方式展現。不過，那只不過是在告訴別人「因為我沒有那個東西，所以希望擁有的人現在當場消失」。也就是說，那只不過是在坦承自己的弱點。

解決方法是這樣的。

「老實說，我很羨慕你。」只要對嫉妒的對象光明正大這麼說就好。然後再向對方宣戰，在其他領域開闢戰場，然後勝過對方。

在同一個領域上你贏不了，自己也對這點心知肚明。既然如此，就該盡早找出自己有望獲勝的領域。嫉妒同時也是在暗示你：「快去找自己能獲勝的領域吧。」

順利獲勝時，不管你是想把贏來的錢一擲千金，或者來一場旁若無人的性愛，或是盡情搓揉貓咪的肉球都行。我想，真正的從容只有在戰勝嫉妒與自卑之後才會產生，然後也才會逐漸形成自信吧。

充滿嫉妒與自卑的人生一定很有趣，當事人或許沒有發現，嫉妒的時候，正是你的情感綻放青春的時候。不知道要花多久才會遇上一個人，無論你多麼面目可憎，他還是喜歡這樣的你。在遇到這個人之前，所有的努力一定都是正確的。

所以，當你察覺自己對誰產生了一絲嫉妒時，唯一該做的只有默默動手、動腳、動腦，直到自己也成為被誰嫉妒的人。

可愛的自卑感

三島由紀夫是日本文學史上文章最優美的作家之一，我很喜歡他為了改變纖細身材的線條而勤於健身的軼事。我也很喜歡椎名林檎其實很討厭自己聲音的小故事。安室奈美惠有首歌裡唱著「女生聚會最棒了，我喜歡女生聚會」的歌詞，我不懂為什麼要特地把女生聚會時的喜悅寫成歌。我最喜歡沒朋友的人了。

自卑感很可愛。

雖然有些正派人士經常說，全身上下穿戴名牌的人，是因為不那麼做就會焦慮、沒自信。可是，我認為勉強自己在身上穿戴不符身價的名牌，懷抱著「總有一天變成那樣的人」的希望，真的很有可能哪天就「變成了那樣的人」。試想，如果名牌商品只會造成負面效果，那麼GUCCI和LOUIS VUITTON早就倒了吧。

過去，CHANEL副社長接受採訪時，面對記者的提問：「對於完全不適合CHANEL年齡的女生穿戴CHANEL服飾，您有什麼看法？」副社長回答：「CHANEL的設計是為了所有女人而存在，所以沒有不適合CHANEL的女性。」我非常喜愛這個小故事。最高級的名牌會發表最高級的聲明，這就是最好的範例。

話說，我認識的女人無論是不是美女，大家都說想整容，也想變得更瘦。她們口中的整容和變瘦，聽起來就像是「真希望哪天能去法國旅行一星期」般淡淡的願望，我也是聽過就算。不過，這個願望迫切的程度會上下變動，一旦哪天爆發了，或許她們真的會去整容。成為完全不同的長相，說不定會令我為之怦然心動，也說不定連她們說話的語氣和動作都會跟著改變。

其實我真正想說的是，包括你那無可救藥的自卑感在內，我都很喜歡。

美麗有時是對什麼的復仇。尤其是外表上的美。外表漂亮當然比較好，但是，靠這種膚淺手段就能唬弄過的男人，不也就是只看外表的人而已嗎？

我心目中的美，只要我自己一個人相信就行了，不需要任何人認同。

整個副都心差不多都是這樣的地方，比起製造出什麼，消費的東西更多，尤其新宿更是如此。

BICQLO、伊勢丹、紀伊國屋書店、電影院……或者說整個歌舞伎町都是。我在新宿住了好幾年，想買什麼都很方便。然而，有一天忽然覺得不管讀了什麼或看了什麼也完全無法得到滿足。朋友告訴我：「這種時候，就輪到你來寫什麼或呈現什麼給別人看了。」一天之中，我會想起這句話好幾次，想到她說：「你不如快點下定決心，拋棄羞恥心吧。」這就是我開始自發性寫文章的開端。儘管到現在還不曾因為寫了什麼而感到滿足，但比起什麼都不做，心情確實輕鬆了點。

拿著吉他卻不知道該吶喊什麼才好。拿著鋼筆想表達，卻不知道該寫什麼才好。我很喜歡正在經歷如此這般野獸時代的年輕人，那種彷彿隨時想撕裂誰的眼神。今天在世界堂[7]物色石膏像時，也和那樣的美術大學生四目交接了好幾次，每次都看得我心驚膽跳。

大家都懷抱著名為自卑感的可愛病症活著。

一如沒有一種職業叫做「上班族」，世界上也沒有一種叫做「大學生」的抽象事物，事實上，「普通人」也不存在。

每個人或多或少都有一兩樣無法告訴別人的性癖，只是善於掩飾這種病的人很多罷了。世界上既沒有「普通的友情」，也沒有「普通的愛情」，更沒有「普通的幸福」。

為了讓重病的人容易生存，比起想辦法把病治好或追求普通的幸福，倒不如四處散播這種病，讓它流行起來。或許這才是最好的辦法。

不能只當個普通的神經病。不過，能當上神經病之神的人都是最棒的傢伙。

散播這種病之後，一定能證明無論男女，大部分人類都沒什麼值得一提的特色。

生病這件事，總有一天也能得到救贖。

7. 世界堂是位於新宿地區的大型美術用品店。

沒必要有自信

流行巨星時代之死。我想，這是歷史上決定性的一瞬。

女神卡卡、瑪丹娜、碧昂絲、凱蒂・佩芮、亞莉安娜・格蘭德、艾瑪・華森，以上所有人都支持的總統候選人——希拉蕊・柯林頓，結果還是在選戰中敗給了唐納・川普。這場美國總統選舉已經過去很久了，不過、不過呢，不限於美國國內，集結了全世界廣受歡迎女人的力量，卻依然敗給一個來勢洶洶的大叔，從這個現象其實看得出一件相當灰暗的事。

希拉蕊陣營敗選的原因已經有太多人分析過，不過，若要用一句話統括她失敗的原因，我認為應該是「一群充滿自信的厲害女人支持一個充滿自信的厲害女人，讓其他更多老早就失去自信的人感到厭煩」。反過來說，川普勝選的原因，就在於他不斷選擇性地對老早就失去自信的那群人喊話。

這場選戰雖是早就結束的事，卻是前所未有地強迫我思考起關於「自信」這件事。直到不久前，自信還是只在已獲得自信的體制內才能談論的事。然而，那種統治階級時代已逐漸遭到顛覆的現在，「擁有自信」早已不是美德，反過來說，「沒有自信」正逐漸形成一股強大的力量。

追根究底，自信到底是什麼。

女神卡卡說，你只要做原原本本的自己就好。美輪明宏則說，怎麼可能做原原本本的自己就好。有人宣稱只要健身就能從「好想死」變成「小心我殺了你」，也有人說不管怎樣先整容就對了。人只會用救過自己的方法救別人。比方說好的學歷、好的工作經歷、好的收入、好的外表。

自信是那麼單一模式又乾淨無瑕的東西嗎？不可能吧。

我這個人既沒有自信，也不需要那種自信。這是我唯一的自豪。即使如此，有時還是得心不甘情不願地表現出一副有自信的樣子。比方說，現在寫這篇稿子的時候正是這樣。不過，這是因為我不希望讓讀者感到不愉快。畢竟沒有自信的人，大概在任何時間場合都會被討厭。人們一看到沒自信的人，就會很想對他說：「沒自信的話就別出現在我面前。」

「要有自信」是一句老生常談。

可是其實，說不定根本不需要有自信。

決定一個人該不該有自信的，到最後往往不是當事人，而是其他人。擺在我們眼前的選項不是「要不要有自信」，而是「要在人前裝作有自信的樣子，還是不要，哪一種才能為彼此帶來最大利益」，我們只能在這兩種選項中選一種。考驗的只有一件事，就是你能否配合不同的「時間、地點、場合」選擇採用哪種演技，然後徹底執行。

自信就是這麼一種不需要根據，也不需要實質存在的東西。

即使如此，還是有人想擁有真正的自信。這種人看起來非常謙遜，事實上則非常傲慢。

自信這東西，的確有辦法在最短時間內獲得。
就像「沒有能夠穿出門買衣服的衣服」一樣，因為沒有自信所以無法行動，因為沒有行動所以無法獲得自信，結果什麼都得不到，也無法擁有自信。若想脫離這「負的連鎖」，無論結果是好是壞，首先只能行動了。就算是演技，恐怕也需要最低限度的經驗才有依據。
那麼，值得投入所有資源採取的行動是什麼？
那就是自己喜歡的事、自己擅長的事，最重要的，是有人會拜託你去做的事。天職在英語中寫作「Calling」，據說意思是「神在呼喚你，代表你適合這件事」。我很喜歡這個說法。只要適合自己，什麼都好。就算是說人壞話，只要把技術磨練到登峰造極，這是個可以靠饒舌對決拿到三百萬優勝獎金的時代。
如果你還在猶豫該怎麼做，建議先出門搞清楚自己喜歡或討厭什麼事。
讀完一大疊書也好，看大量電影也好，聽音樂也好。要是以上都膩了，就再出門散散步，找尋更喜歡的事情來做就好。像這樣不斷獨自篩選下去，所有你喜歡的東西和討厭的東西綜合在一起，總有一天會讓你做出什麼來。無論對象是東西還是人，一旦「喜歡」什麼，就代表必須做好「儘管毫無根據，也有自信說喜歡，搞錯了也沒關係，就是想選擇那個」的心理準備。也就是做出任何選擇都不後悔的坦然決心。

猶豫該選哪一方才好時，
我希望自己判斷的依據不是「哪一方有用」，
而是依據喜惡做選擇。
如果連自己的喜惡都猶豫不決的話，
就選聞起來比較香的那一邊。
即使如此還是無法做出選擇的話，
大概兩者都不是你需要的。

如何不損壞地活下去

在一張乾淨的白紙上，用黑色原子筆胡亂寫滿文字。再用雙手捏緊那張紙，一次又一次踩躪。這時，如果要我們把變得破破爛爛的紙屑「恢復原狀」，已是不可能的事。遍體鱗傷、骯髒破損的紙屑，不可能再次成為一張乾淨的白紙。

所謂霸凌就是這麼回事。不，用霸凌這個字並不十分正確。正確來說，所有對他人的暴力都是上面這麼一回事。不過，我下面要說的不只限於對他人的暴力，也包括對自己的。

持續努力於某種絕對不可能做到的事，也會讓自己在不知不覺中變成一張紙屑。儘管我們很容易敏感地察覺「別人對其他人行使的暴力」，卻幾乎感受不到自己對自己施展的暴力。愈是高雅親切、溫柔謙虛的人，愈容易在自己來不及發現時損壞。

損壞的東西，無法再次復原。

損壞的原因和場所五花八門。比方說，面對壓根不適合自己的工作，卻用「有志者事竟成」這句話來欺騙自己，很顯然就是對自己施加暴力。違背個人意願的加班、智慧型手機上令人不悅的廣告、狀況不好的電腦、亂七八糟的房間、堆在洗衣槽裡還沒洗的衣服、不得不做卻總是延後，每次都忘記的工作、客滿的電車……這些都是暴力。

以上每一件事都只是令人厭煩的小事。然而，累積久了還是會形成負債，對身體造成山一般沉重的壓力。就這樣在某一天突然斷線心死，成為一張難以復原的紙屑。

到那時候，一切就太遲了。

在十年後不想扯上關係的事物，在明天和後天也沒必要扯上關係。我認為做這種努力與忍耐一點都不美。

不用努力就能持續的事，只有做這個才是正確的。只要毫無壓力地持續無須努力也能持續的事，就能成為總是從容不迫、過得開心自在的人。這樣的人，比起總是不開心的人美多了。我甚至認為這是一種才能。誰在乎你過去有多努力、多痛苦，更別說那些「和現在比起來，以前過得多辛苦」的感嘆，那一點也不重要。活得開心，長命百歲。只需要這樣就夠了。

決定逃離最糟糕的環境時，就該用最快速度逃離。逃離時，請前往開心的事、心愛的人、擅長的事或以上全部的方向。總之，和你平常選的方向相反就對了。

去跟喜歡的人講話，去吃喜歡的食物，去聽喜歡的音樂，去做喜歡做的事。想睡多久就睡多久，偶爾要點小奢侈。還有時間的話，就把房間整理乾淨。一天說一次或兩次的適度謊言。遇到一個人喜歡這樣忠於自己而活的你時，就好好珍惜對方。持續珍惜。

我認為這才是愛惜自己的方法。不用損壞自己，也不用過著非拋棄什麼不可的麻木生活。好好地，纖細地活下去。

謊言

謊言這種東西，通常在有比說謊對象更想守護的東西時說出口。

我喜歡謊言。電影、小說、音樂，還有星象儀都是美麗的謊言。相信「即使痛苦但總有一天能得到回報」的努力信徒、認為工作是實現自我的勞動信徒、相信「總有一天能遇到真命天子」的命運論者，以上所有人相信的，都是自己想相信的謊言。

相信自己想相信的謊言而活著。這樣就行了，我想如此相信。

關於學生時代真心後悔過的事

高中最後一堂課，教現代國文的老師以「忘掉我或忘掉我上的課都沒有關係」為開場白，然後告訴我們：「如果有一天你覺得想死，那麼，該做的只有一件事。」接著，他將雙手放在講桌上，繼續補充：「如果覺得想死，不管怎麼樣先去睡一覺。要是睡不著就去散步，去看日出。」這就是他為我們上的最後一堂課。

我猜老師自己一定曾被這段話拯救過無數次，因為人們只會用曾讓自己得救的話語來救人。

畢業典禮這天是別離的日子，也是決定是否和誰一輩子不再見面的日子。有些你感慨地以為往後一輩子都不會再見面的對象，卻因為努力找藉口見面，結果至今還持續聯絡著。而當初抱著輕鬆心情隨口說聲「改天見」的對象，有時反而真的不再相見。不過毫無疑問的是，十八歲這年的冬天，畢業典禮上，隨著畢業的瞬間，老師與同學成為毫不相干的人。

上大學之後我老是在看書。我想要的不是教授，而是老師。也因為沒有錢，我成天都在讀新潮文庫。

真心想變成一個坦率的人時，可以反覆重讀太宰治。閱讀三島由紀夫讓我學會如何不用「美麗」來形容覺得美麗的東西。想活得厚臉皮時最適合讀夏目漱石。想極度提昇對言語或事物的敏感度時，正好可以讀芥川龍之介。谷崎潤一郎讓我豁出去當個變態。村上春樹小說裡出現的主角只要一不注意就會射出濃稠的精液。當然，當時的我完全沒朋友。

身邊大部分的大人都會建議我們，只有學生時代能玩樂，所以要趁現在好好遊玩。然而，不管怎麼想，成為大人之後仍看不出他到底在玩還是在工作，每天過著開心生活的人更令人羨慕。我心想，把未來講得毫不值得期待的話一定是謊言。

我不知道該怎麼做才好，也不知道做什麼不行，只能一個勁兒地讀書。

青春就是連續做出大量的錯誤選擇。本該如此。然而，我在每一個選項上一概勾了「不選擇」。

所以現在，我要寫下幾件打從心底感到後悔的事。

首先，讀書時應該採用更系統化的方式才對，否則只是浪費記憶容量。舉例來說，讀了夏目漱石的《我是貓》，至少就該同時讀五本關於本書的注釋解說書或論文。無論讀書的速度多快，無論讀了多少書，累積的只是「知識」，這樣沒有意義。唯有從各個角度多方探討，知識才會轉化為「見識」。成為見識才能應用，無論住在哪裡或看到什麼都一樣。

此外，我曾對大學抱有一絲期待，以為那是「會教我什麼的地方」，完全錯了。大學不是說著「請教導我這個那個」，對方就會說著「好、請學」的地方；而是「如果想知道這個和那個，就快點去問教授，沒有教授就快去找專業書籍來讀」的地方。和大學裡的學習比起來，準備升學考根本只是家家酒，真希望自己能更早體認這一點。

然後，花費時間埋頭苦讀的科目，可以不必是英文。

只要請個翻譯，瞬間就能解決語言不通的問題。我們不該花費大量而過度的時間去學習英語。無論說話速度或閱讀速度，再怎麼學也比不上在國外長大的人那彷彿脊髓反射的能力。所以何必刻意去學一山還有一山高的東西。只要具備某種程度的英語能力即可，剩下的時間拿來思考什麼話值得說出口更划算幾萬倍。

還有，也不該打太多工。

靠自己賺到一點錢確實會讓人心情很好，感覺像是能夠自立。然而，事實只不過是企業花一千日圓買下你生命中寶貴的一小時。既然無法完全自立，不如盡可能地依賴父母。不該用一千日圓左右的代價賣掉自己寶貴的學習時間，就算是玩樂時間也不該賣掉。

與其那麼做，寧可漫無計畫地去旅行。青春就是能揮霍多少就揮霍多少的東西，應該更大膽地浪費掉才對。

最後。

寂寞的時候就該承認寂寞，乖乖找人見面，好好依賴別人。現在我才終於知道，回憶都是從丟臉的事情當中創造出來的。說得更簡單一點，學生時代應該做更多丟臉的事才對。

關於香氣

聽說，人直到最後都無法忘記香氣。

最先遺忘的是聲音，然後是體溫，再來是形狀，接著遺忘言語，側臉的樣子也會忘記。即使如此，還是有直到最後都無法忘記的東西。近乎暴力地擋在我們面前，瞬間就能把我們推回過去的東西。正確來說，那就像是一個埋在體內的限時炸彈。也是一封看起來像情書的威脅信。

或許因為我們無法準確地用語言形容香氣，才會在有意識或無意識中記住香氣，就像溺水的人抓住一根稻草。

我一直以為曾經非常喜歡的那個人用的是聖羅蘭的香水，而我非常喜歡那個味道。前些日子重逢時，忽然想問這件事，當我問：「你以前用的香水叫什麼來著？」對方卻回答：「我從來沒用過香水。」使我不知如何是好。只能一邊聊著無關緊要的小事，一邊默默集中注意力聞對方身上的香味。的確，這味道好像已經不是我熟悉的那個味道。但也說不定其實跟當年散發的是同一種香味。不過，其實不是。我的意思是說，就當是這麼一回事吧。

即使如此，令人懷念的香氣在某個街角迎面襲來時，仍然能感受到擠壓肋骨般的痛楚。明明已經對那個人沒感覺了。又或者，在聽到那個人的名字時也是，明明已經沒有想要怎樣了。難道這個想法只是自己騙自己？

香味會讓我們兩次、三次……經歷無數次的失戀。

因此我喜歡香水。香水無用，奢侈又孤傲。香菸和電影院也具有一樣的性質。香水不但能讓我們獨處，也能讓我們孤單。所謂人工的孤獨，也就是被他人推進的地獄。

雨的氣味也很好。

聽說雨後的氣味混雜了植物裡的鐵質與地表微生物的味道。這麼說來，不就等於混雜了久遠之前某個死去的人身體的一部分嗎？總覺得雨的氣味散發某種令人懷念的氣息，使人靜靜聯想到死亡，這或許不是出於偶然。

喜歡的書裡夾著書籤。香氣就像夾在空白回憶中的書籤。

我第一次從母親那裡偷的東西就是香水瓶。CK One。簡單的肥皂香，令人想活得正確的香氣。讀書讀累了的時候，沾一點在脖子上，用來提神。這款香水總被譽為夏日的香氣，於我卻是冬日之香。

總有一天，它一定會成為唯一讓我憶起母親的香氣。也總有一天，它會成為非常寂寞的香氣。所有幸福的記憶都註定會變成這樣。

再怎麼高明地扮演人類，我們原本都是野獸，無法和討厭的香氣或人好好相處。即使是以為自己喜歡的人，如果不喜歡也不討厭對方的香氣時，彼此的關係就接近終點了。我喜歡這種毫不留情的單純。

暫時還是可以，從喜歡的東西上聞到幸福的香氣。

關於宇多田光與椎名林檎

我認為宇多田光的歌，具有讓人孤單的意圖。一如小室哲哉的歌具有讓人不孤單的意圖一樣。若說SMAP唱的是〈世界上唯一的花〉，宇多田光唱的就是世界上只剩下我自己。比起在卡拉OK裡盡情歡唱，她的歌更適合一個人戴耳機聽。每次重聽她的〈Automatic〉，都會想起小學時，從補習班下課後搭公車回家時那微熱或冰冷的車窗上的雨。儘管只是個小孩，心裡還是會想，正因為自己毫無才華，所以才得像這樣用功讀書，陷入輕微的絕望。

毫無疑問，青春是晦暗的。絕對不是明亮的東西。

音樂和電影或小說不一樣。

或許是因為，音樂是將現實生活中幾秒就結束的事唱成一首好幾分鐘的歌。又或者是，在反覆聽歌的過程中，當下看見的景色一遍遍覆蓋在歌曲上保存下來了。比起被誰看見自己亂七八糟的齒列，被看見 iPod 裡的播放清單更教人難為情。

從很久以前開始，音樂就一點一滴地把自我與時光扭曲得面目全非。

到了某一天，已經若無其事裝成大人的我們，只需要聽見幾秒鐘的前奏，就會立刻被推回過去的時代。

歌的內容唱的同樣是普遍的女孩形象，但因為宇多田光和椎名林檎的歌詞與色彩以及風格是如此不同，才讓許許多多現代人免於為了無聊的原因而尋死。幾乎所有我們該說的話，都被她們兩個講完了吧。

走在丸之內時，看見僧侶時，或者是搭上最後一班電車時，電車通過池袋時，我一定會想起〈丸之內虐待狂〉這首歌，歌詞裡散布著東京的地名與專有名詞。剛住在東京不久的我，聽了幾千次這首歌後，忽然發現這是一首妓女的情歌。為了在大都會生存，不得不出售自己一部分的肉體與靈魂。那些靠性愛或自慰無法拯救的寂寞。藉由穿插喜歡的人事物的專有名詞，勉強確保自我。終於明白，這首歌唱的是人類最後的掙扎。

因為椎名林檎唱出太多時代的黑暗面，導致無法大聲說出自己喜歡椎名林檎的那個時代已經結束，曾幾何時，她從歌舞伎町轉向新宿伊勢丹，成為一個母親，還出現在資生堂的廣告上，又消失在神樂坂或溜池山王，回過神來，我們只能從奧運閉幕典禮上的她看出一絲當年的面貌。

對了，我現在住在新宿。像是忽然想起來一樣，新宿依然下著豪雨。

冬、秋、夏、春

誰都好的夏天，誰都不好的秋天，所有人都不在了的冬天，感情徹底死亡後迎來的春天。

宣稱自己討厭的季節，肯定都有曾經喜歡的回憶。

我一定會問第一次見面的人喜歡什麼季節和討厭什麼季節。還有，也會問對方喜不喜歡下雨天。另外，也很好奇人家是否喜歡吃薄荷冰淇淋。比起年紀或出身，這些事對我們來說更重要。

春天很可怕。

我喜歡想見誰就去見誰的正確性，但也喜歡為了使想見的人主動來見自己而努力的人。做好後悔一輩子的心理準備，決定一輩子永不再相見的人，我也很喜歡。春天的夜晚，夜風像令人眷戀的體溫般來襲，那一切都曖昧得剛剛好，似乎轉眼就會忘記。教人憎恨的櫻花，還有不知何時就會下起來、將櫻花打落的雨。

讓我繼續聊季節的話題吧，反正我們依然只是陌生人。

我曾喜歡過夏天出生的人，也被對方喜歡過。不過，馬上就分手了。所以現在聽到誰是夏天出生時都會心頭一驚。彼此之間會變成那種關係，還是不會，只有這兩個選擇。

我不愛夏天。儘管說自己不愛什麼，本質上就跟告白一樣。

我一定會去煙火大會，這樣的我根本沒有資格說夏天的壞話。無論是邀約被拒所以只好一個人去看的煙火，還是誰都不邀就一個人去看的煙火都很美。和不討厭也不喜歡的男人一起去看煙火的女人、知道這點仍微笑以對的男人、沒有失蹤就平安回家的兒童。我總是想，夏天為什麼不能成為感傷得撕心裂肺的東西。對於感傷的喜愛，會殺掉一點點的我們。

人們很喜歡嘴上說自己不寂寞的寂寞秋日。

從肺裡湧上的空虛感，那種幸福的感覺。

我最喜歡十一月。十一月與十月的空虛及十二月的喧囂一點關係也沒有，如同無人海邊般靜謐安全又幸福。氣溫降到一定程度後，人就感受不到寂寞這種奢侈又無聊的感覺。還有，總覺得十一月出生的人很會說甜蜜的謊言。

一到十一月，愛與戀都會變得可有可無，開始想買一個人也能好好活下去的冬衣。聽說不知道哪裡有賣一種名為「十一月主義」的香水。對了，我也是十一月出生的。

冬天。

變得笨重的香菸。只在冬天裝作隨性使用的香水。享受不把這件事告訴任何人的奢侈。曾經溫柔的那個人美麗的大衣。痛恨聖誕節的時代現在也變得可愛。或許能讓雪變得不再感傷的雨。明明沒有任何想忘記的事，卻收到忘年會的通知單。

連自言自語都稱不上的事拼湊出冬天的輪廓，把我們推開。

想跟對方見面，對方卻大概不想見自己的事。那個人也有重要的人，但絕對不是自己的事。和懷念的老朋友敘舊，在相視而笑後的那一瞬間降臨的，教人不知該如何是好的沉默。十二月即將結束時，總會莫名其妙感受到的寂寞，我到現在還討厭不起來。

十二月的最後一天，百分之九十五的感情都死了，進入一月那一瞬，感覺連剩下的百分之五也當場死亡。不知道誰忽然塞過來完全沒使用過的簇新感情，一月就這麼始於強迫推銷，勉強一如往常地展開，卻完全不知道現在該做什麼，就這樣二月也過了，到了三月底，預感春天即將來臨的那陣風再度吹來。

真希望哪天能相遇。再見。

有時會為了不想結束，
所以根本不願開始。
有時也會因為
「一切終將結束」而感到救贖。
不過，連這也已經拯救不了我。
已經沒有任何事能拯救自己時，一切才正要開始。
已經無法去愛了，一切才正要開始。
已經分不清楚東南西北了，一切才正要開始。
或者，想死的時候，一切才正要開始。

不用減肥也沒關係的愛

一個不注意，身材就變得像Q比娃娃一樣。

自認有一定程度少女心的我也減肥過，從下定決心減肥那天起，我就豁出去拚了，不是花一小時慢慢吃完7-11的雞肉沙拉，就是一星期認真地游泳五天，也嘗試過斷食。一旦決定要減肥，連Country Ma'am餅乾都放棄不吃。也曾吃過芳珂的美體錠，能用的方法全都用了。這麼一來，的確以一天減〇·五公斤的速度瘦下去，在紀錄體重的應用程式曲線圖上拉出陡峭的拋物線，瘦到低於標準體重的程度。眼見努力有所成果，我開心了起來，心情也放鬆了。

結果，在自以為已經夠了的最後，什麼也沒做只是發個呆，就又恢復原本的體重。鏡子裡映出熟悉的Q比娃娃。

我堅持得不夠徹底。不過，是這個充滿太多甜食的世界不好。諸行無常啊。瘦的人很偉大，因為他們戰勝了所有自然天理。

我認識一個模特兒絕對不在人前吃東西。如果人家硬是要請客，她就會趁男人結帳的時候跑去廁所，把剛才吃下的東西吐光光。平常晚餐只去便利商店買關東煮的白蘿蔔，堅持得很徹底。

如果你認為自己和這傢伙不一樣，除了醫生之外沒有在別人面前寬衣解帶的必要，那就沒救了。一輩子瘦不下來。

其實，我猜每個人都想「過著不用減肥也沒關係的生活」吧。

更該優先去做的，難道不是找到不用減肥也沒關係的愛嗎？

八卦雜誌總是喜孜孜地報導結婚後、生產後、退出演藝圈後，或是在假期中猛烈發胖的明星藝人。可是，又不是每個演員都像李奧納多•狄卡皮歐，也不是每個人都像羅納度那樣整個人堪稱肌肉的化身。

幸福的人就沒有減肥的必要。

因為他們是不用靠減肥也知道如何被愛的人生勝利組。

我想起八卦雜誌。我很喜歡像《追蹤那個人的現在》之類的節目，節目中會找來過去被報導醜聞而導致演藝生命或政治家生涯結束的人。

記者往往會問他們尖銳的問題，像是「當時的心境如何」等等。我很討厭看當事人目光望向遠方，重新提起那件早已被國民遺忘的出軌、外遇或吸毒等事件時的樣子。

這種節目真是無聊透頂。老實說，我根本認為出軌或外遇沒什麼，那是個人的自由。即使如此，被視為加害者的他們還是得在電視上反省，我討厭看這個。

我喜歡的，是看到他們仍好好活著這件事。

無論是否曾與整個世間為敵，無論是否受盡世人冷落，他們還是活下來，活到了今天，我喜歡這個事實。不過，那大概是因為他們身邊有個即使如此仍希望他們活下來的人吧。或許，就算被百萬人討厭，只要身邊有一個這樣的人，他們就能下定決心活下去。決定撐著這把唯一的雨傘，走在批判與侮蔑與嘲笑的滂沱大雨中。

每次看這類節目時，我都會想起人類這種無可救藥的軟弱與堅強。

用盡一切感受性去感受

「想死的時候，不管怎樣先睡一覺。」恩師這句話說得非常正確。

此外，前輩告訴我的「無聊得要死時，就帶著相機出去走走」這句話也很令人難忘，教會我守住自己感受性的重要，就算是刻意提高對外面世界的感受度也沒關係。確實，人只有在手中拿著相機時，才會發動所有感官，盡可能注意視野的上下左右，甚至背後等等，正在周遭發生的事。

該說這是對感受性的守護嗎？我非常喜歡這個想法。尤其是一個人的時候，非得找出美的事物不可。為此，一定要守護能找出美好事物的感受性。

或許，我們比自己想像中的更機械化。

對太熱、太冷或太重的濕氣沒轍。很少人是用打罵就能修好的，應該說，幾乎所有人那樣都會壞掉。放著不管也會壞掉。接收到矛盾的指令時會強制當機。如果不通電或不上油就不會動。也必須定期維修檢查。

差不多該進入發明出永久不壞機械的時代了吧。

所以，將來或許會出現忘記人類也會壞掉的世代。永久不壞的人類會是什麼模樣，我完全無法想像。即使早已發明長生不老的概念也一樣。

長生不老的人的感受性，也會跟著一起長生不老嗎？

稱不上什麼都好的狀態，還能算是活著嗎？

感受性。在所有用了這個詞的文章中，椎名林檎有一句：「面對看似用盡一切才能的人，我也想用盡一切感受性去感受。」我很喜歡這種非常謙虛的用法。刻意說「用盡感受性」的時候，「感受性」就不是「不證自明」的東西，也不是「自動」的東西。一方面屬於自己，一方面又不屬於自己。

所以，使用時必須謹慎小心。

戀情的幾種樣貌

不再覺得有必要炫耀給誰看的戀情。
不再覺得有必要減肥的戀情。
連日記的第一行都寫不出來的戀情。
不是藍色也不是水藍色也不是紅色的戀情。
按不下相機快門的戀情。
無法走進電影院的戀情。
忘了抽菸的戀情。
想把《聖經》和《六法全書》都燒掉的戀情。
情歌派不上任何用場的戀情。

和朋友在一起時忽然想起的戀情。
破產也沒關係的戀情。
遭到背叛也沒關係的戀情。
裝作沒醉的戀情。
放上網拍也賣不掉的戀情。
距離迪士尼樂園最遠的戀情。
不管寫什麼都會變成情書的戀情。
恐怖分子在夜裡也會為之哭泣的戀情。
想不出該送什麼禮物才好的戀情。
貓和月亮和警笛都很礙事的戀情。
連用戀情來形容都覺得可恨的戀情。
與言語和白晝為敵的戀情。
毫無理由的戀情。

和慢性自殺混淆的戀情。

距離、年齡、性別、姓名、長相與身體都沒有意義的戀情。

不打算在網路上留下任何痕跡的戀情。

收集無關緊要的事，想破壞世界，想原諒我，想愛你

或許是因為說不出喜歡，只好說想見面。或許是因為說不出想見面，只好說想一起去喝兩杯。連想一起去喝兩杯都說不出口的話，只好說些無關緊要的事。無關緊要的事其實也是一種血統純正的告白。

我很喜歡無關緊要的事。比方說，昨天做的夢、炫耀過去的成就、牢騷話。能把這些說得有趣的人很聰明，能巧妙誘導別人把這些說得有趣的人則非常有愛。無關緊要的雜學也很可愛，像是木星沒有地面，人類只要登陸木星，最後就會被燒死的事；像是英文中只需要一個單字「razbliuto」，就能說明「對從前愛過但現在已經不愛的人懷抱的傷感情懷」的事。

無關緊要的事，為什麼總有一瞬間看起來非常要緊呢？

或許因為無關緊要本身就是個謊言，其實根本就很要緊。正因如此，只好故意逞強地說成無關緊要。

幸福的事與不幸的事都沒有發生，什麼也沒有的日子才最特別，隱約知道總有一天這樣的日子會來臨。正在洗衣服的母親。戀人睡著時的表情。走出居酒屋那一刻。輕輕打了一個呵欠的朋友。不經意朝電車窗外望出去時，夕陽光線形成可能刺傷人兩秒左右的銳角。

或者，在車站前分手時，站在玄關旁道別時，送重要的人離開時，每次都會忘記這一別可能是永遠。倒是一次又一次真的因為微不足道的原因而發誓永不再見。正因如此，才必須一次又一次提醒自己得好好道別。

想要持續寫日記，無關緊要的日記。寫下無關緊要的瞬間，無關緊要的一天，或者拍下照片。因為這些總有一天將會成為寶物。

沒必要說有趣的話，沒必要拍厲害的照片。

沒必要刻意逗自己笑，沒必要說服自己，也沒必要硬是對什麼感動。

睡不著大概是因為無法對一天中發生的所有事感到認
同不高興大概是因為巧克力吃得不夠我和你大概都只
是憎恨得不到的東西口渴大概是因為沒有去海邊或者
忘了一首喜歡的詩討厭春天大概是因為察覺到再也不
會發生什麼新鮮事即使如此還是不想讓春天出生的人
哭泣我們大概已經在無數個春天裡迷失了方向睡不著
的話就不要睡不想失去的話就放手無計可施的話就去
破壞只要做好總有一天被奪走的心理準備就可以去奪
取把世界這麼無趣的原因推給iPod的播放清單就好如
果無論讀什麼都感覺不到救贖就自己來寫吧在兩者間
猶豫不決時兩者都要就好不過有時其實可能是兩者都
不想要不斷自拍大概是因為不滿意自己的外表放不開
手機大概是因為無法接受自己的孤單身邊一沒有朋友

就感到焦慮大概是因為不想思考關於自己的事非跟他人比較不可大概是因為自己既無法建立勝利的基準也無法確立價值觀我的痛苦和你的痛苦毫無關係也無法親身體驗即使如此我還是想知道你那些無法對他人啟齒的事就算你一定不想被知道那或許就是我們擁有皮膚的原因所以如果說不出話來了就去拍照無法拍照就去散步無法散步就去睡覺睡不著就醒著也沒關係若是連醒著都討厭的話只要去看看美好的事物就好不過這麼做的時候會覺得自己與全世界為敵忍不住就笑了起來結果又不想看美好的事物了這種時候只要一個人待著就好覺得寂寞的話就出門傷害自己吧不想受傷的話就閉嘴吧閉不了嘴的話大概又會回來寫點東西不過這麼一來大概又睡不著了

希望自己早在二十歲時就知道的事

- 自己定義「聰明」、「堅強」、「美」等詞彙，並持續實踐。
- 擁有十本能立刻舉出的愛書。
- 以系統化的方式讀書，不要太相信自己的記憶力。
- 原諒討厭的人。
- 原諒父母。
- 總而言之，盡量做丟臉的事。
- 愈激烈的人愈溫柔。
- 在社群網站上遇到感興趣的人就毫不留情地約對方出來。
- 技巧再差也要拍照，文筆再爛也要書寫，並且持續下去。

- 不要讓大人或金錢輕易阻礙自己的夢想。
- 個性老實的人，至少要亂性一次。
- 看人時，比起頭銜，更該看的是對方正在做和想要做的事。
- 找到即使遭到背叛也沒關係的心愛朋友。
- 要知道，貫徹自己的喜惡幾乎等於與全世界為敵。
- 思想和服裝不是能完全隱藏，就是能完全表現自我。
- 別用年齡差距當藉口。
- 不去旅遊，去旅行。
- 膩了也沒關係，持續到找到下一樣能持續的東西就好。
- 一個人戀愛，一個人失戀。
- 好好地因為失戀而死過一次。
- 即使如此依然喜歡的東西，就一個人繼續吶喊。
- 有些人即使上過床也牽過手還是無法成為戀人。

- 早中晚都要學習、學習、學習，再怎麼樣都要學習。
- 把無聊歸咎於環境只是浪費時間。
- 和朋友共度大量無聊耍廢的夜晚。
- 沒有朋友時，就為孤獨感到自豪。
- 沉迷於考取什麼執照時，姑且不論好壞，時間一眨眼就過了。
- 知道賺錢的辛苦。
- 為詩哭泣，偶爾為海哭泣。
- 酒醉時趁機大出醜。
- 知道忙碌不是藉口。
- 知道有些地方即使回去了也無法回去。
- 拋棄名為學歷的自尊。
- 寂寞能帶自己到任何地方。
- 找到和「分離」這個詞永遠分離的方法。

第四章

克服戀愛，克服夜晚，克服永遠

單戀毫無價值

我對貓過敏，但是我愛貓，說到貓，當然最好是波斯貓。

波斯貓的祖先來自阿富汗。光是這一點就莫名其妙，在那種漫天沙塵的地方，波斯貓為什麼還能維持一身蓬鬆柔軟的毛。我曾聽說許多波斯貓的死因是因為持續地不小心吃下自己的長毛，導致身體哪裡出了毛病。雖然不確定這說法是真是假，至少波斯貓的毛就是纖細到會產生這種說法的地步。波斯貓清純宛如少女。說得不好聽一點，這種貓就是在演化過程中完全沒有做出成長的選擇，是一種超笨的生物。真可愛。

波斯貓終究還是畜生，偏偏擁有這樣的外表，彷彿在說自己除了展現優雅之外沒有其他義務。對了，夏目漱石的「貓」在我的想像中也是全白的波斯貓，壓倒性的目中無人。

在種類繁多的貓咪裡，波斯貓的個性看起來最像是對一切置身事外。的確，去貓咪咖啡廳的時候，波斯貓經常站在高處睥睨底下吵鬧的「同事」們，會像《活了一百萬次的貓》那樣目空一切的也只有波斯貓了。好可愛。牠們對自己身上的毛就這麼沒有興趣嗎。

人總是愛著不愛自己的對象，貓會成為神是有道理的。

正因為無法得到，所以才這麼可愛。

簡直就像現代版的《羅密歐與茱麗葉》，就連埃斯庫羅斯、索福克勒斯與歐里庇得斯[8]都不由得為之落淚的悲劇。高級寵物店裡賣的波斯貓至少要價五十萬日圓。哪來的五十萬，池袋[9]。

---

8. 埃斯庫羅斯、索福克勒斯、歐里庇得斯皆為古希臘悲劇作家，三人並稱古希臘三大悲劇大師。
9. 作者在這裡組合了椎名林檎〈丸之內虐待狂〉歌詞裡的「哪有十九萬的御茶水」和「池袋」。

一旦養了貓，就會失去想養貓的心情了吧？就這層意義來說，我對貓是真心的單戀。

單戀很輕鬆。

光是看著對方就能感到幸福，看到對方和誰親密打鬧又會嫉妒。不過，只要一天裡和對方對上一次眼神，就可以把所有討厭的事拋到腦後。隔天也是，擅自覺得對方可愛，擅自因為對方而感傷，擅自因為對方而悲哀，擅自因為對方而生氣，擅自因為對方而開心，然後睡覺。感覺就像做了很了不起的工作，其實什麼都沒做。明明什麼都沒做。

當然，這裡指的不是貓和我的事。我最後還是會養貓的。

這裡指的是人與人之間的單戀。

世上沒有什麼比單戀更不值一提的事了。

愛上的對象已經有戀人或妻子等等，包括這種事在內，所有的單戀都不值一提。眼前顯然是只要伸手就會燙傷的狀況。隔著一條線的距離，毫不降溫地帶著燃燒般的體溫入睡，在這狹小的島國某處一定也有這樣的人吧。不問男女都一樣，你的故事絲毫沒有一提的價值。

單戀的夜晚完全得不到回報。自慰再多次還是徒留空虛，既然如此倒不如真的來上一發。神明一定不會禁止你這麼做的，所以不管三七二十一，先做了再說吧，做完再想。把問題搞得更複雜就對了，把隨處可見的故事轉化為獨一無二的故事就對了，你的故事得先這麼做才會開始有意思。至於我則要來養貓。

我認為，說性愛與金錢能解決
世界上百分之九十九問題的人，一定很孤獨。

在戀愛的墳場裡牽手散步

男友女友之類的頭銜沒有意義。是不是誰的戀人，不需要承諾保證。所以，結婚也沒有意義。

葬禮表面上看起來是為死者舉行的儀式，其實為的是活下來的人。所以這件事還算有意義。不過，婚禮就完全無意義了。因為結婚這件事本身無意義，婚禮自然也沒有意義。

我熱愛無意義的事物。因為活在這世上就是一件無意義的事。沒有理由。活著就是活著，幹麼需要什麼理由或意義。

婚姻是戀愛的墳場，這已經是某種定論了。有一段時間，我很想看到鬼，為了看到鬼而經常跑去青山靈園散步，可惜始終沒遇到鬼。聽說十九歲前若沒見過鬼，那就永遠見不到鬼了。最後我還是沒看到鬼，只是在做這些事的過程中愛上了墳場。於是我結婚了。我想看看戀愛的墳場長什麼樣子。因為沒必要結婚，所以結婚。

沒錯。當結不結婚都無所謂的時候，結婚當然比不結婚好。

有多少人無法忍受無意義的事呢？我曾經因為不知道交往的意義何在，為此苦悶不已。但即使結了婚，我們還是一直疑惑「結婚這件事意義何在」。

雖然前面說過沒有意義，如果硬要在裡面找出一個意義來時，那意義或許會是下面這樣吧，我想把它寫下來。

和交往的意義做比較時，或許就能顯現出結婚的意義。

交往是為了兩人的幸福，為了讓幸福最大化。

結婚是為了在任何一方生病或陷入貧困時，讓不幸最小化。

交往是因為愛對方的內在與外在。

結婚是連對方的缺點都愛，決心守護對方不受一切世間傷害。

交往是為了相約見面。
結婚是為了不用相約見面。

交往是為了獲得約會的特權。
結婚是為了和對方散一段漫長得無意義的步。

交往是為了凝視對方。
結婚或許是為了一起眺望遠方。

交往時在對方面前多少有點虛榮要面子。
結婚是為了終結虛榮要面子，因為想聽對方說真心話。

交往需要道理。

成為夫妻之後，就能堂而皇之地站在一個超越所有道理、邏輯和喜惡的地方。

交往的對象，取決於對方知道多少幸福。

結婚的對象，最好取決於對方見識過多少地獄。

交往為的是享受現在與不遠的將來。

結婚是為了得到「任一方死去時，留下那一方的半邊身體與情感可以跟著死去」的承諾。

「婚姻的意義」這個詞彙也帶有某種暴力的回音。在人際關係上使用「意義」這個字太奇怪了，人際關係裡沒有意義或利益也沒關係。倒不如說，正因為沒有意義，正因為沒有利益，兩人的關係才能獲得驚人的強度。

一起去散一段長長的步時，如果忽然很想和對方一起永遠走下去，或許就是這個人了。我認為，就這麼簡單地決定人生也沒關係。

再過一百年也不可能搬上舞臺的劇本碎片

街燈Ａ：「不是想忘記，只是也有人想原諒無法忘記的人。」

蒼蠅Ｂ：「相遇或不相遇都會受傷吧。」

螞蟻Ｃ：「分離的寂寞，比相遇的絕望還要不悲哀。」

夜晚Ｄ：「還能說出『想見面』時，仍然擁有幸福。」

鬼Ｅ：「別去試探別人的愛。」

香菸Ｆ：「不是怪季節，就是怪別人。」

口香糖Ｇ：「去看煙火吧，因為我們總有一天也會結束。」

失戀主義者Ｈ與末班車主義者Ｉ：「月亮真美。」「說你寂寞。」

前戀人Ｊ：「你喜歡的人是誰，對我來說一點也不重要。」

鑰匙K：「只有無法對任何人說的關係才是真的。只有床上的關係才是真的。」

絕望L：「用只有彼此知道的原因在只有彼此知道的地方彼此……」

夢M：「成為彗星，殺掉喜歡的人喜歡的人。」

教會N與旅館O：「月亮真美。」「快把衣服脫了吧。」

感覺孤獨時，是最不孤獨的時候

看見月亮或星星時，總會想拍下照片寄給誰看。可是，手機的相機拍不出美麗的月亮和星星。難得的滿月，透過濾鏡拍下之後，看起來只像街燈。到最後，只好自己一個人傻傻盯著天空看。我很喜歡那種情感完全失去宣洩管道的感覺。所以，我希望手機的相機永遠都無法正確拍出月亮和星星。真正重要的事情，用手機完全無法傳達給任何人，我希望手機永遠都是這麼沒用的東西。

對了，我堅信所謂的美麗，就是不管哪裡都能自己一個人去。燒肉店、卡拉OK、海水浴場、夜店、旅行、試膽大會、煙火大會、遊樂園，以上我都下定決心一個人去過。就不知道為什麼，唯獨天文館的星象儀，我沒辦法一個人進去看。即使已經走到星象儀售票櫃台前，還是會自言自語地「啊」一聲，情不自禁地又退卻了。為什麼只有星象儀沒辦法一個人進去看呢？這裡是必須和某個重要的人一起去的地方，只要這麼一想，來到售票櫃台前的我就會不斷感覺到一個人進去有多寂寞空虛。或者也可以說，會不斷產生這種感覺的我，其實還不是一個真正孤單寂寞的人，而我在那一刻察覺到這一點了吧。不用特地透過天文學感受孤獨，眼前就能感受得到。所以，真正該做的是去找個人見面。大概是這樣的領悟吧。

「感覺孤獨時，是我最不孤獨的時候。」這是西塞羅[10]的警世名言。每次想起這句話，我都會起一身雞皮疙瘩。因為，反過來想就是，真正孤獨的人沒發現自己是孤獨的，也不會感覺寂寞。不過，握著手機就錯以為自己能隨時和誰聯繫的現代人不正是如此嗎？

生活中有幾個能好好獨處的瞬間呢？

一個人的時候，我希望能好好獨處。

無法好好獨處的人，憑甚麼以為能和誰攜手生活下去？

10. 羅馬共和國晚期哲學家。

回憶如果想不出來就不成回憶了。
得先忘掉一次才行，
忘得掉或忘不掉，絕不是自己能選擇的。
我認為那是一件非常奢侈的事。

戀人的定義

比起煙火，我更愛和誰約定去看煙火時那甜蜜的一瞬間。還有，看完煙火後，彷彿參加了夏天的葬禮般排隊離去的人龍裡夾雜的哀愁。我也喜歡拖著被煙火聲炸得一片空洞的身子緩步離去時，迴盪在陌生巷弄間的木屐聲。

還有，比起電影，我更愛走進電影院的那一剎那。

推開電影放映廳那扇黑色大門時的沉重質感。深紅色的地毯。空氣中飛舞的一點塵埃。

那條既短又長的走廊，是真實與謊言，現實與虛構之間的縫隙。

專程去電影院看電影，為的或許就是那瞬間炸裂的興奮感吧。

就像吃鮮奶油蛋糕時的享受與幸福，九成九都在最初插下的那一叉子上了。

我也喜歡看電影預告。好像有些人很討厭付了錢還要看預告，我認為這種人根本不適合去電影院，或者說根本不適合享受這種享受。

剪接預告時，要呈現哪一幕，不要呈現哪一幕，怎麼剪接才能讓大眾接受，或者說怎麼剪接才能欺騙大眾。預告裡充滿太多這種成人世界的現實理由，電影預告可說是資本主義的喜劇與悲劇。好笑又可悲，令人想哭。

和誰一起看完電影後，搶著述說感想也是很開心的事。無論彼此對電影的解釋是否一樣，相不相似，都會很有趣。彼此分享著「不是所有事都能與彼此分享」這件事。就算看了無聊的電影，也能互相抱怨「真是無聊」，然後一筆勾銷。

戀人的定義也有各種各樣。

有人說，會想在深夜裡一起去便利商店買冰的就是戀人。以我來說，會想一起去電影院看電影的就是戀人。換句話說，就是想約會的對象，也是如果有一天會分離的話，想把那日期盡可能地往後設得愈遠愈好的人。和《大辭泉》的定義一樣。

我不認為被誰告白然後答應了就是戀人。即使無法彼此分享，心愛的人都是戀人。
不只一個也沒關係。

還有，我好愛無法像電影一樣相愛的我們。

希望那次的失戀
無法拍成電影也無法寫成小說或詩或推文。
無法變成神話也無法變成星星。
只要讓我們的背影變得更美就好。

把自己的戀愛攤在全世界面前的戀人

在這個世界上，有一定數量的人種喜歡對全世界炫耀自己的戀人。Instagram或Facebook或Twitter都可以。這種人會用戀人和自己的相片當作大頭貼或版頭，寫下兩人一起去哪裡做了什麼事，寫下對方做了什麼，自己對此又覺得怎麼樣等等。有時也會用散文表現自己多愛對方，內心有多不安。然後，強迫周遭的人觀看。

似乎不只年輕人會這麼做。現在這個時代，好像還有派遣專業攝影師幫戀人們側拍戶外活動照片的服務。

老實說，覺得很噁心的人應該不只我吧？

話說回來，那樣就叫浪漫嗎？

戀愛應該是更絕望，更緊張，更充滿悲哀，更屬於密室，更孤獨，更下落不明，同時也是更情色更浪漫的東西才對吧？

的確，當一段感情沒有公開時，不願公開的戀人一舉一動都令人在意。如果對方始終不願將你介紹給他的朋友，這可是相當危險的警訊了。首先，這男的應該沒打算和你交往一輩子。不過，那個是那個，這個是這個，完全是兩回事。

相愛的老夫婦很少對別人說什麼。

想在別人面前炫耀的，往往是自己沒能擁有的東西。

我猜那些人之所以不斷反覆炫耀與戀人之間的事，或許正證明了他們內心懷抱「我倆到底是否相愛」的不安。所以才要像戴名牌手錶或項鍊戒指那類老套而容易取代的首飾一樣，拍下與戀人的合照並上傳，把與戀人之間的事寫成文章，對不特定多數人發表，尋求別人的認同。

看在我眼中，這股風潮既輕薄又隨便。

真要說的話，「男友」這個詞本身就太輕率了。是我的美感絕對無法原諒的詞彙之一。

透過這樣的炫耀，或許也會有人認同那個男的屬於你吧。

不過，非經過他人認同不可的愛算什麼？我覺得無聊透頂。

對方只在自己眼前展現的姿態，是能這麼輕易就曬給各種人看的東西嗎？

兩個人在一起，只要兩個人在一起就好。在誰也不知道的夜晚，誰也不知道的地方，說著誰也無法理解的話語，笑成一團或互相取笑，兩個人一起做不可告人的事就好。就這樣一起失蹤到哪裡去最好。以誰都追不上的速度，成為一對孤獨的戀人就好。超越喜歡和討厭，成為單純的永遠就好。雖然是這麼想，但一如正值青春的人不知道青春是什麼一樣，那些人耳朵裡或許也只聽得到彼此的聲音。

不過有句話我非說不可：炫耀這種事，完全不浪漫。

不浪漫的東西，都是謊言。

幸福的人不會說自己幸福。
一如打從心底相愛的人，
不會去向別人說這件事。
非得公開自己正在跟誰交往不可的人，
是因為不這麼做，
內心就會非常不安。
這和對人發怒或很想告訴別人某事的原理一樣，
都是出於不安。

我喜歡的男人

與其問他對我說多少話，
不如問他能採取多少實質行動。

比起打電話來的次數，
更重要的是約會的次數。

就算忙得沒有多餘時間，
更重要的是他不願讓我多等一秒鐘。

比起知道更多奢侈幸福的方式，
更重要的是見識過更多地獄與不幸。

比起一天到晚打腫臉充胖子的人，
更喜歡哪天願意下定決心拋棄面子的人。

就算知道再多上等餐廳，
也比不過長年下來總去同一家店。

比起受女人歡迎的程度，
更重要的是重視昔日同性朋友的程度。

不比閱歷過的人數，

只看是否能持續深愛一個人。
比起一心努力工作，
更要看他是否重視工作之外的事。

以對方優先是愛，以自己優先是依賴

不管是女校畢業還是男校畢業的人，和男女合校畢業的人比起來，初期的戀愛學力都會低得驚人。

低到一個悲慘的地步。因為無知與缺乏經驗，他們的初戀從最初到最後都伴隨著壯烈的難堪。噴太多香水，抹太多髮蠟，擦太厚的護唇膏，照太多次鏡子，耍帥太過頭，裝性愛老手裝得太過頭，裝可愛裝得太過頭，裝大刺刺裝得太過頭，太愛吃醋，太愛約束人。實際上則正好相反，這一切他們都太沒經驗。

這類症狀可說是不勝枚舉。

總而言之，為了確保獲得愛情，他們拚了老命。

曾經有段時間禽流感大流行。也不知道為什麼，只不過是看到雞隻大量死亡的新聞畫面，我就覺得世界末日好像快到了，便哭著打電話給初戀對象說：「你絕對不能死。」對方當然嚇傻了，說我這人太沉重。對方固然很驚訝，我也很驚訝。擁有少女心的我驚訝的是對方為什麼不能明白我的心情。

癱軟在地的雞隻屍體殘像還留在腦中，讓我想起過去的愛。

不過，太沉重或太輕浮是很嚴重的問題。

對當事人來說一點也不沉重，只是想什麼就說什麼罷了。被認為沉重的甚至只是禮貌。換句話說，不夠沉重反而失禮。

所謂沉重，其實是一種依賴。依賴的既是對方，也是「依賴對方的自己」。

若說以對方為優先的是愛，以自己為優先的就是依賴了吧。

被說沉重的狀態，乃是以自己的快樂為最優先，而不是以對方為最優先。享受「擔心對方」的快樂，享受「嫉妒」是一種快樂，享受擅自因對方言行舉止而受傷的快樂，以這些快樂為最優先。站在對方的立場，不但一點也不值得高興，甚至只能說是有害。

追根究底，交往這檔事本來就是為了開心。除了開心之外沒有別的義務可言。該做的是把對方和自己的快樂擴張到極限，必要的時候，以對方的快樂為優先。除此之外沒有其他任何該做的事。

我想，輕浮一點一定剛剛好。

女人也好，男人也好，女女也好，男男也好。

無法確定這傢伙到底喜不喜歡自己的狀態，剛剛好。

人只能不斷追尋「無法確定到底是黑還是白」的狀態。

反正會沉重的時候就是會沉重。沉重可以，偶爾就好。還有，若對方在不該沉重時沉重，自己也能笑著去愛的話，那就最好了。

想讓對方來見自己的是戀，
自己想去見對方的是愛。

遠距離戀愛並不存在

所謂遠距離，到底是多遠的距離呢？

隔壁站的車站應該算是近距離吧。可是，不錯過末班車就無法見面的距離，或許稱得上是遠距離。跨越縣境或國境應該算是遠距離吧。每天都會見面，卻連一次也沒有機會交談，這樣不能說是遠距離嗎？彼此都確信總有一天會分開的話，在迎來結束前，兩人的關係難道不是遠距離？

或者，其中一方已死去的話，那也可以說是一種遠距離。

對了，我非常討厭搭飛機。

百分之百的飛機恐懼症。我直到現在還是想不通，為什麼那一大塊鐵能輕盈地飛上天空。

因此，旅行時，我向來只走陸路或海陸。從東京去沖繩的時候是這樣的，先搭新幹線到神戶，從神戶港搭船到門司港，再搭巴士到鹿兒島，接著再次搭船到沖繩。這趟旅行單程就整整花了我五天，因為抵達沖繩的隔天有事不得不回東京，無可奈何只好搭飛機。那是我人生中第一次搭飛機。如果有人在沖繩的機場看到嚶嚶哭泣的人，那就是我。

搭了飛機的我大吃一驚。

原本得花上百小時才能抵達的路程，換成搭飛機，只要三小時就到了。從沖繩到東京，中間這段距離有各種各樣的城市與街道，有各種各樣的生活與歷史，有各種各樣的戀慕與情感，有各種各樣的悲傷與哀愁。只花三小時就通過這一切，這樣真的好嗎？回到羽田機場，坐在航廈裡的長椅上，我當真很驚訝。這對現代人來說是理所當然的事嗎？

總而言之，只有一件事一定沒錯。

世界上不存在遠距離這種事。

所以，遠距離戀愛當然也不存在。距離不能用來當成藉口，如今這個時代，物理上的距離一點意義也沒有。

真正想見的人，只要一小時就能見得到。如果不是真正想見的人，一秒也不想看到對方。如果有人說不能見你是因為忙碌，那他大概不喜歡你吧。再怎麼忙碌，人們都會想辦法為喜歡的人騰出見面時間。工作不可能比這件事更重要。拒絕一次後也不找機會再次相約見面的人，可以肯定絕對不喜歡你。

維持遠距離戀愛的祕訣是什麼呢？有時人們也會因為某些苦衷而無法見面。想見又不能見時，自己能夠做什麼，我想應該是看你能不能將「對方不在身邊」的事實當作「存在」來愛。看你能不能將「對方不在身邊而產生的寂寞」當成對方送的禮物，真摯地接受。看你能不能在悲哀的心情中，靠自己找到獨自生活也能感覺幸福的奢侈享受。只要能夠辦到這些，遠距離就一點也不可怕。再說，反正會離開的人總有一天會離開。

兩人一起討論如何結束遠距離戀愛的事，總有一天會成為耀眼的回憶。

隨時做好被外遇的心理準備

有些事不要知道比較幸福，但是若問被蒙在鼓裡是否就等於幸福，答案又是完全否定的。最好的例子就是「偷看男朋友的手機發現其實他和別的女人有聯絡已出軌之類的事」系列。

偷看男友手機，發現那個女的和男人之間明顯打得火熱。可是，又不能承認自己偷看了男友的手機，無法要男友老實招來，但也不願意讓事情這樣發展下去，陷入進退兩難的局面。就在這瞬間，日本某處恐怕也正以現在進行式發生著這種事。

愈是有外遇傾向的人，自己愈容易嫉妒和束縛對方。在這種人的想法中，因為那是自己很可能做出的事，對方一定也會想做。然而，也有這種像是玩「吹牛[11]大成功」的例子。

女人的直覺很敏銳。不過，如果以為男人遲鈍到沒發現女人已經敏銳察覺什麼的話，那可是大錯特錯。當女人轟隆轟隆地發動直覺時，男人早已聽見那地鳴般的聲音。只是女人都沒察覺這一點。

沒有人喜歡被懷疑，也沒有人被懷疑不會累。男人就是這樣才會開始跟別的女人有所聯絡。這時，若是再被抓到決定性的小辮子，男人就無處可逃了。到了這個地步，身體的外遇就會進一步演變為心靈的外遇。

換句話說，女人並不是因為偷看男人的手機才發現外遇的。

會讓女人非偷看手機不可的戀情，打從一開始就不可能避免外遇。

那麼，哪裡才有不會外遇的男人呢？

一千個男人裡，確實會有一個連想都沒想過要外遇的類型。是那種同一個筆袋用超過十年，同一雙鞋穿超過十年，對最新型家電和最新版手機應用程式絲毫不感

11. 這裡的吹牛指的是一種需要在進行中使用騙術的撲克牌遊戲。

興趣，連手機都想過哪天可以丟掉，就像佛陀拋棄俗世一樣看破紅塵的男人。或許也可以說，這種男人只是極度的怕麻煩。問題是，大部分女人應該都很難從個性這麼難搞的男人身上感受到魅力吧。

因此，我決定做出「無論什麼時候在哪裡被外遇都不奇怪」的結論。

我隨時都做好被外遇的準備。就算是戀人，除了在身邊的時候之外，我完全不知道對方正和誰在哪裡做什麼，那不關我的事。我只堅持一件事。

那就是不懷疑。不懷疑什麼呢？不是不懷疑戀人絕對不會出軌，也不是不懷疑戀人不愛我。而是絕對不懷疑自己不愛對方。反過來說，當我開始懷疑自己不愛對方時，或許就是分手的時機。

被外遇會哭一下，也會覺得受傷。不過，即使那樣也沒關係。

只要最後依然好好回到我身邊，跑出去玩一兩個晚上也無所謂。如果對方再也不回來，只表示他打從一開始就不屬於自己。這就是我對外遇的看法。

和戀人分手後，過了一段時間重逢時
能恢復朋友關係的人令我羨慕。
能向彼此說著「當年真是好傻啊」的人令我羨慕。
因為我大概怎樣也無法成為那麼成熟的人，
只好說服自己，重逢有重逢的正確，
不重逢也有不重逢的正確。

和戀人永遠在一起的方法

不要想知道對方的一切，不要心急。

從對方身上找出自己還不知道的那一面，為此感到高興。

除了可愛的面子之外，不要愛面子。

兩個人偶爾一起做點奢侈的事。

吵架的話，就送對方巧克力或哈根達斯。

告訴對方只要吵架就會送這個。

不要以為什麼都不說對方就能明白。
不要懷抱任何期待。

從頭到尾都沒有喜歡或討厭的原因。
即使沒有原因，或關係沒有名分，也要持續忍耐。

放棄用喜惡看世界。
始終將對方放在超越喜惡的位置上。

每天晚上都要想著總有一天會因為無聊的原因分手。
正因如此，每天都要想自己能做什麼。

連什麼都不做的時候都能好好珍惜。

認定自己已經遇到這樣的對象。

牢騷、壓力、缺錢等等一切鳥事，
都用半開玩笑的語氣帶過。

告訴自己沒有必要每分每秒都愛。
只要相信偶爾沒來由掠過心頭的愛意。

要知道沒有兩情相悅這種事。
有的只是兩個單戀彼此的人。

其中一方的目光偶爾落在別人身上也沒關係，
只要繼續做好讓對方仍願意回來的自己。

不要變成非得兩個人在一起否則不開心的人。
要找到即使獨處也能感受幸福的方法。

不斷對於總有一天會死這件事感到絕望。
同時不斷為對方付出自己死後仍會留下來的東西。

然後，要知道這一切都不是義務。
去把幸福擴大到最大，不幸縮小到最小，偶爾一起散散步。

總有一天會分開，但不是今天

「關於同性戀，你有什麼看法？」在新宿二丁目的蕾絲邊酒吧裡，有人這麼問過我。男同志也問過我一樣的問題。他們並非以戰戰兢兢的口吻小心翼翼地詢問，而是像在試探我的性向般大大方方地提問。說實在的，我覺得這問題很無聊。我也老實這麼回答了。

問這問題和問「對血型A型的人有什麼看法」或「對左撇子有什麼看法」差不多。天空是藍色的，玫瑰是紅色的，世界上有人喜歡同性。以上全都是天經地義的事。對於理所當然存在的東西，到底有什麼好闡述意見的？

再說，如果要在意別人的想法，或許一輩子都在意不完。人們對其他人的人生，換句話說，就是對你的人生沒有這麼感興趣，既然如此，那又何必在意。

話說回來，這個社會似乎還是比較喜歡「永遠只愛一個異性」的故事。

關於這點我倒是有點意見。

現在還是有人會以戰戰兢兢的口吻小心翼翼地問：「關於喜歡超過兩個人這件事，你有什麼看法？」說是很想從中選擇一方，卻無法做出抉擇。

這裡有個重大的誤解。認為非得從中選擇一方不可的不是當事人，而是社會。不能喜歡超過兩個人是誰規定的？以同樣的彩度和強度同時愛上兩個不同的人，這到底有什麼錯？我認為，比起自由戀愛或ＬＧＢＴ，「多邊戀（Polyamory）」這個詞才更應該被大力推廣，讓更多人知道才對。

出軌或外遇這類詞彙或事態，現在都被單純簡化為負面的病態。就這層意義來說，社會在人生的各種場合都與我們為敵。

又或者說。

也有些人會煩惱到底該怎樣才能永遠喜歡同一個人。這或許是最普遍的煩惱也說不定，明明我們從來都沒有非這麼做不可的義務。

總有一天會分開，但不是今天。

這樣就好了不是嗎。

就算正在安排下個月兩人一起去札幌吃拉麵的旅行計畫，其中一方也很可能隔天就發生無法避免的車禍當場死亡。不過，那一定不是今天。風吹得強了點，或是左耳忽然耳鳴，可能只為了這點莫名其妙的原因就忽然失去對另一方的熱情。不過，那大概不會是今天。

沒有什麼永遠。所以現在就是開心的，感傷的，永遠的。

有些人會把煩惱當成寶貝一樣揣在懷裡來回撫摸。可是，那些煩惱大抵都像街角發送的面紙，只是社會隨便塞過來強迫我們接受的東西。為別人早就煩惱過也解決掉的問題煩惱完全就是愚蠢的行為。何必特地為了那種毫無價值的事情煩惱。就算沒辦法做到完全不煩惱，至少也可以讓自己不要過度煩惱吧。

若說還沒進家門前的時間都算是遠足的一部分，
那麼，連缺點都能一併喜歡的才算是愛。
若說包括下一次委託在內才算是完整的工作，
那麼，連遺忘都遺忘了的事才會成為回憶。
若說不再愛對方身上的味道就是該分手的時候，
那麼，直到不再彼此傷害之前都還是失戀。

克服失戀最好的方法，就是不克服

失戀之所以哀傷，是因為「分手」這個行為雖然只要花五秒就能完成，「已分手」這個狀態卻不可能只花五秒就結束，一個不小心甚至可能五年都走不出來。在連對方是生是死都不知道的狀況下。

分離的狀態持續著。失戀沒有終點。

有人說，希望對方幸福的時候，就是失戀結束的時候。

可是，我們不是耶穌也不是佛陀，誰想祈求別人的幸福啊？

我只信任會希望分手對象最好有點倒楣的人。

失戀了該怎麼辦？該做什麼才好。說說我的情形吧。

還記得有一次失戀時，有個朋友自以為是地在居酒屋安慰我，要我向前看，我拿Highball[12]朝他身上潑。那種時候，我怎麼還分得清楚哪裡是前哪裡是後。

下定決心，絕對要忘了分手的戀人，於是我去TSUTAYA租了《王牌冤家》，電影裡凱特・溫斯蕾的藍色頭髮，和分手戀人用的手機一樣顏色。我又租了《藍色情人節》。這麼說來，和分手戀人做愛總是不太順利。看《愛情，不用翻譯》讓我想起對方。不管看什麼都會想起對方。這世界和我都被設計成這樣了。不管讀什麼、聽什麼、走在哪裡，結果都一樣。

所以，我下定決心放棄遺忘，也放棄向前看。

世界史課背過的無用年號和古文課背過的無用詞彙，我們恐怕永遠都不會忘記。尤其是出生於昭和晚期和平成元年的人，總有一兩個手機號碼到現在都還背得出來吧。

這一切都不用忘記也沒關係，忘了反而失禮。對當時將所有感情投注在對方身上的自己失禮。

好不容易受了傷，就帶著這個傷口一起活下去吧。沒必要向前看。消沉到不能再消沉的地步，受傷到體無完膚的地步。這麼一來，總有一天會對這樣的自己感到厭煩，再次起身，搖搖晃晃地走出屋外。然後，一定會像遇到車禍一樣與什麼人相遇吧。就算不小心又被誰騙了也不在乎，回過神來才發現自己已經能夠這麼想了。

遺忘的方法？別笑死人了。問這種問題真是沒常識。

沒有什麼忘記失戀的方法。頂多只有將失戀稀釋一點的方法。不過，最後還是只能接受這個事實。克服的方法就是不去克服。不是像跑障礙賽那樣跨欄，而是從底下鑽過去，不然就踢倒它。

一方面感謝自己能愛到這麼可恨的地步，一方面光明正大地祈求分手戀人過得有點倒楣，今天的我依然如此。

12. ハイボール，指在威士忌中添加汽水，是日本居酒屋相當常見的飲品。

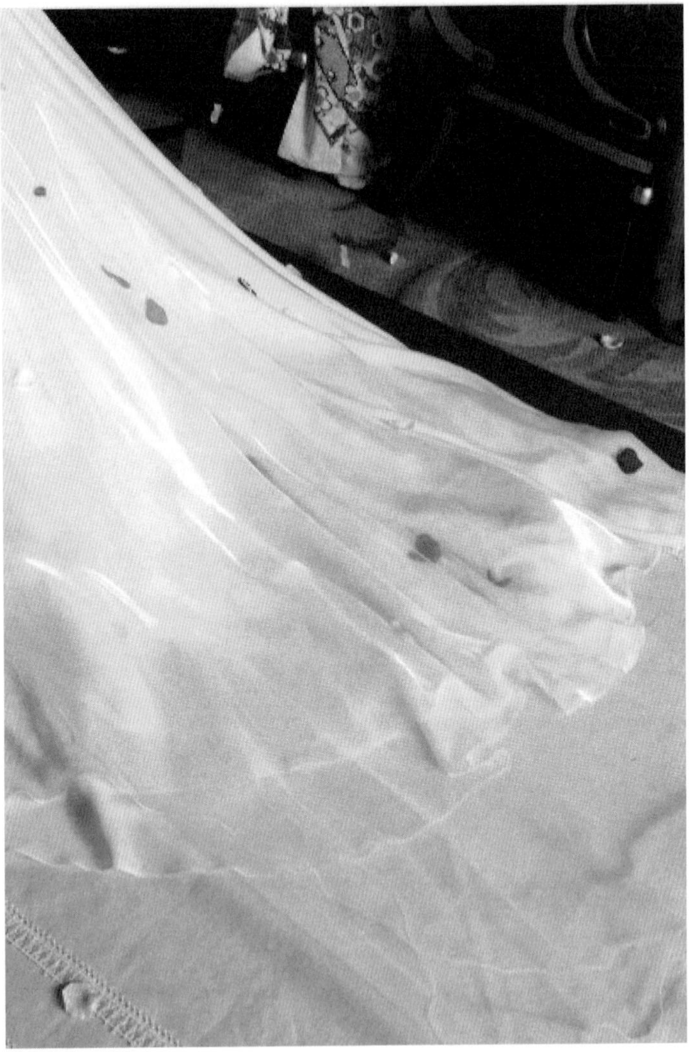

聽說男女之間的友情，在迷戀對方長相的情況下，
絕對不成立。

砲友的品格

打開名為性愛的潘朵拉盒子，把裡面所有的災禍解放到全世界。從老公的陰莖插不進來的問題，到光靠妻子無法勃起的問題。或者，從出軌、外遇等微小的個人問題，到賣春、特種行業、色狼、性犯罪、成人錄影帶、墮胎、性病、少子化或人口過多等世界等級的問題，全都解放出來。

即使如此，還是有一個孤獨的問題繼續留在潘朵拉盒子的角落。

那就是「砲友」的問題。

舉個簡單一點的例子吧。

耶穌基督和徒弟走在歌舞伎町，走到新宿TOHO電影院前時，看到一個女人脖子以下被活埋在地下，民眾正在朝女人丟石頭。其中一名徒弟問民眾：「為什麼要這麼做？」民眾之一回答：「因為這女的交了砲友。」於是耶穌說：「那沒辦法，大家繼續丟吧。」嘆口氣後，又接著說：「不過，只有連一次都沒想過『只要能上床什麼都無所謂』的潔身自愛者，才能對這女人丟石頭。」

這麼一來，民眾紛紛不知所措，很快地，一個人離開了，兩個人離開了，最後連耶穌也離開了歌舞伎町這條賓館街。女人依然被活埋在那裡，不為人知地死去。沒有人知道女人叫什麼名字。

前言說得太長了。

我有個堪稱女性公敵的男性友人，聽說他隨時都會保持五個以上的砲友。我問他：「所謂砲友是什麼？」他立刻不假思索回答：「男女友情的終點。」我決定代表全國曾經當過別人砲友的女性問：「那，砲友也有升格為戀人的可能嗎？」原本以為他會回答「機率比彗星砸到我的頭還低」或「可能性比手肘碰到下巴還小」，沒想到他的回答是：「有啊。」

「有啊，不過，還是要看彼此的心情啦。」

我心想，也是。世上沒有什麼能勝過心情。

不過，我知道有些人的想法是「一旦成為砲友，對方就不可能再把我當戀人」，並理所當然地做出「男人都只想上床而已」的結論。我必須說，這種想法已經充滿了受害者特有的自圓其說與逃避現實。後者雖然是真理，前者則不是。

把自己當成一個受害者是很輕鬆的事。

然而，事實是這樣的。如果除了肉體之外仍具有真正的魅力的話，對方肯定無論如何都需要你。正因為不是這樣的人，所以只被當成砲友，陷入無法開始也無法結束的關係。如果要把責任都推到男人身上，那也隨便你。

沒有什麼比「確信自己被愛」更讓人變得殘忍。

即使半夜也隨傳隨到，對方想要什麼立刻雙手奉上，一心只想避免被討厭，一心只想成為對方的正宮，為此不惜奉獻時間與精神。這種做法大錯特錯。

手上的東西都給出去了，接下來自己只能去搶奪，想要搶奪就不能愛。

只有裝成不愛的樣子，才會得到愛。

談戀愛靠自己，失戀也靠自己

有三種職業的男人經常成為眾矢之的，被說「還是分手比較好」，那就是樂團手、調酒師和髮型師，簡稱3B[13]。「分手比較好」的理由則分別是：最好不要跟一味追逐夢想的男人在一起，最好不要跟太受女人歡迎的男人在一起，最好不要跟錢少事多沒時間約會的男人在一起。除了3B之外，還可以加上熱愛賭博的賭徒成為4B，再把有暴力傾向愛打架的人加進去變成5B，若再加上特種行業的少爺就可湊到6B了。

在這裡，我並非想探討6B裡最麻煩的B是哪一種。

我想說的是，相較之下，儘管「還是分手比較好」的男人種類已逐漸有了定論，好像還沒有聽過誰說跟哪種女人「還是分手比較好」。真要說的話，大概只有精神有問題的人絕對不行吧。話說回來，精神有問題的人無論男女都有，只要另一方精神正常的話，好像也不至於交往不下去。

只有「還是分手比較好的男人」，卻沒有「還是分手比較好的女人」，這是為什麼呢？

我想那是因為，會說分手女人壞話的男人，不只女人討厭，就連男人也討厭這種人。因此，男人原本就不會光明正大地說這種話。就算說了女人的壞話，誰也不會認同那是分手的正當理由。更何況，沒有比說分手對象壞話更無聊的人了，說這種話，別人只會在背後毀謗你「自己選的，自己不敢承擔」。

「還是分手比較好的男人」之所以能成為眾人一致的見解，甚至幾乎要爭取到市民權，原因也很簡單。因為愛上「那種男人」的女人都是「分手之後滿不在乎地抱怨前男友的女人」，也是「把責任都推給男人的女人」。說起來，只不過是「這

---

13. 這三種職業的日文羅馬拼音都是B開頭。

種女人」往往容易對「那種男人」趨之若鶩罷了。第一個做出這種消極負面，近乎職業歧視發言的女人所說的話，我認為根本不值得相信。

有的女人不知道在哪裡接收了「某種男人還是分手比較好」的情報就信以為真，歪著脖子思考自己該怎麼做才好，我也有話想對這種女人說。

你啊，今後不要跟任何人交往了。否則對方實在太委屈。跟你這種用別人的價值觀和謠言決定自己戀愛的人交往，男人未免太可憐了。

如果在哪裡讀到或聽到正確的戀愛論之後，就能談場正確戀愛的話，早就有哪裡的誰已經這麼做了吧，連一公釐都輪不到你來做。別的不說，如果真那麼做，專程來這世上活一遭就沒有意義了。就算是錯的，也要抬頭挺胸堅持自己的選擇，這才叫愛。無法做到的話，那就放棄吧，儘管去抱怨男人抱怨到地老天荒。

即使如此，如果還能有下次，到時候請好好靠自己談一場戀愛。

和對方繼續交往下去之後，發現自己多多少少可能會死掉的時候，只要在真的死掉之前分手就好。不管別人怎麼說，都該死守自己認為正確的人事物。不要隨別人說的話起舞。

談戀愛靠自己，還有，失戀也靠自己。

金錢、自由，還有養貓這件事

愛不能換成錢，不過，錢可以變成愛。

重視的人遇到無法一笑置之的嚴重難關時，真正能幫上的忙只有三種。一是介紹能解決那個問題的專業人士，二是聽對方說的任何話然後點頭，三是準備一筆足夠的錢交給對方。只有這三種。

三種都不是簡單的方法。

尤其是最後一種，做出這個選擇也意味著和對方長年以來的關係將可能就此灰飛煙滅。

對方會來拜託你，自然是已做好這樣的心理準備，所以，你也得給出做好心理準備的回答才行。最理想的狀況是打從一開始就不要建立這樣的關係，不過，現實往往事與願違。一如自古以來證婚神父會問：「是否願意發誓在貧病時仍愛著對方？」自古以來，人們一直習慣做出這種最糟糕的假設，最糟糕的情況也一直不斷發生。

嘴上說得再好聽，都比不上實質金錢。

所謂「沒有足夠自由玩樂的金錢」，指的是比起玩樂，現在最好繼續多賺一點錢。道理很簡單。不過，說得更清楚一點，若存款永遠只維持在日幣一百萬左右或不到這個金額，就表示永遠必須擔心罹患大病或遇到意外事故的瞬間，生活基礎將在瞬間垮臺，無法重新站起來，永遠無法脫離對經濟狀況的不安。只是擁有一份工作，絕對稱不上能夠自立。

只有在無論面對任何突發狀況時，都有足夠生活下去的存款，才稱得上是生活自立。

年收入是流動的。從收入中孜孜矻矻存下來的錢才是固定的。增加後者的總額，對自己和對方來說，都是理當必須擁有的迴避風險能力。

如果說能吃炸豬排就證明健康、時間與心情上還游刃有餘的話，隨時都能拿出一百萬就是愛的證明。因為，只有累積好幾千萬的積蓄後，才有辦法拿出一百萬也一點不心疼。這是一種現實的從容不迫。

一對戀人是否認真面對彼此，說的就是能不能坐下來討論這樣的事。不爭執，不拚命，心平氣和地討論。一次又一次冷靜地討論這個到死都壓迫著我們的問題。

假設，這裡有一對男女，他們有個沒什麼特別的目標，那就是「總有一天想在寬敞的家裡養貓」。

把這個目標拆解來看，添購貓用具之前，這兩人該做的事有哪些？首先，他們得找到一間有兩個或三個房間的家。為了搬進這個家，需要備妥足夠的搬家基金。萬一貓生病了，也需要足夠的醫療基金，這些錢都得先存好才行。為此，兩人需要好好管理每月收支。為了管理好每月收支，他們得坐下來心平氣和地討論你需要做什麼，我需要做什麼。

然後，一旦決定好的事就要嚴格遵守。

一對戀人能否真正地面對彼此，說的就是這種事。不是吵架也不是上床。而是站在熟知對方優缺點的基礎上，不斷地攜手與現實奮戰，我想稱這樣的關係為真正的戀人。

別說我愛你。

說我不愛你。

為什麼討厭一樣的東西就能在一起很久

曾經有一次，我跟人聊到一件非常重要的事，那就是最喜歡的壞蛋角色出現在哪部最喜歡的電影的哪個場景。當時，我舉的是《終極追殺令》裡，蓋瑞・歐德曼要襲擊娜塔莉・波曼住的公寓前，在走廊上嚼碎類似 FRISK 薄荷糖的口嚼錠，一邊發抖一邊盯著天花板看的那一幕。聽我這麼一說，她便回答：「我的答案跟你一模一樣。」

還以為這輩子只能跟這樣的她結婚了，結果現在我們已形同陌路。

另一天發生的另一件事是，對方問我最喜歡的短篇小說是哪一本。我回答，是江國香織《游泳既不安全也不適切》裡的〈蘋果追分〉。這時，她忽然從皮包裡拿出一樣東西，仔細一看，竟然就是這本書的文庫本。她對我說：「我的答案跟你一模一樣。」

從太過平凡無奇的老套對話中，以近乎奇蹟的機率出現了奇蹟。

就算沒辦法結婚，好歹也能共度一夜吧。雖然這麼想過，那個她現在也已形同陌路。

和某個人喜歡同樣的東西當然很好。那甚至會令人產生過去所有孤獨與人生中所有莫名其妙的事都得到救贖的感覺。不過，除此之外，不會發生任何特別的事。說來真不可思議。如果光憑發現彼此喜歡一樣的東西時產生的喜悅，兩個人就能攜手走到任何地方去的話，應該有更多在同一個學校社團或同一間公司裡的人變成「那種關係」才對吧。然而，事實並非如此。完全沒這回事。

這麼說來，我不由得認為，說不定「討厭一樣的東西」更能帶來堅定的羈絆與認同感。的確，「想做的事」如果能和對方一樣是最好，但是，我認為更重要的是「不想做的事」是否一樣。

這是美學的問題。

比起討厭的東西，我們經常被要求談論自己喜歡的東西。不管是誰來看，那樣都比較美。從小到大，我們總必須一再說著那些漂亮話。

可是，即使如此，憑藉「喜歡一樣的東西」維繫的關係依然很脆弱。

這是因為，比起「決定要做」的事，人們「決定不做」的事更多。比起「說出口」的事，決定「絕對不說出口的事」更是壓倒性的多。這件事裡的美學從未具體呈現在彼此眼前，只能暗自感受。

價值觀相同的人與不同的人哪種比較好，這是一個古典的二選一問題。

我最喜歡的是，明明不做的事和不說的事完全一樣，做的事和說出口的話卻和自己完全不一樣的人。彼此的價值觀有一部分相同，另一部分則完全不同，對於這一點，彼此也互相尊重。

彼此都像是個未知數，永遠都會覺得對方果然很怪，很有趣。並且永遠互相重視對方的想法，尊重對方的心情。

我認為，維持長久交往的絕對必要條件是不知道對方的真面目，永遠不會停止尊重對方，再加上能將對方的慘事轉變為笑料的幽默感，以及打從心底對彼此付出的敬意。

世上沒有兩情相悅這回事。
有的只是兩個單戀對方的人。
有的只是懷疑對方與相信對方
一再反覆的過程。

結婚前的母親與父親

一跟母親說「我有打算結婚的對象了」，她第一句問我的話，既不是問「是怎樣的人」，也不是「在哪認識的」或「什麼時候結婚」，而是「對方是精神穩定的人嗎」。母親自己選擇丈夫時，選擇的就是「精神穩定的人」。

幾天後，我向父親介紹了戀人。

當時父親說的第一句話是：「過去一定發生過很多事，所以我不問你的過去。」說完這句話，他才開始跟我的戀人聊天。

我喜歡第一次見面時完全不問對方過去的人。判斷一個人的時候，不問學歷，不問職業履歷也不問年齡，這雖然很難，但是很正確。為了以正確的方式接受眼前的人，父親全面發動了自己的知性、理性與感性，我認為這樣的父親很棒。不過，喝一杯啤酒就醉了的他，又恢復平時那個不斷講冷笑話的老爹了，喝完第二杯啤酒後，說聲「那俺要睡了」，便逕自走向寢室。

話題扯遠了。

精神本來就不是一種穩定的東西。精神穩定的人，往往只是擅長裝成精神穩定的樣子罷了。即使如此，在工作上或回家路上遇到不合理的對待時，精神輕易就會動搖，也會想把氣出在別人身上。話雖如此，這種時候最想用這種方式依賴的人，通常是最不該在這種時候依賴的對象。正因為是身邊最親近的人，所以最應該顧慮對方的心情。距離再近或關係維持得再久，都無法構成做那種事的理由。

無論對方是誰，我都不想忘記和交往對象第一次見面時的事。

沒想到會變成這樣的事，或者完全不出所料的事。逃離彼此或放棄彼此也沒關係的理由多如一座小山。即使如此還是堅持拒絕，直到現在依然堅持。交往為的並不是要長長久久。

什麼時候才能和「分開」這個詞分開呢？我想要的，是就連死別對彼此而言都沒有意義的交往。真希望哪天能擁有。

百圓戒指

戀人沒有丟掉那個百圓戒指。

隨性逛到新宿東急手創館的手作用品區，和戀人一起看削金屬的工具及牛皮等材料時，看到了那個戒指。不，正確來說那不是戒指，是鑰匙圈上常見的平凡無奇金色圓形金屬環。如果能在那個圓環上巧妙鑲嵌寶石之類的東西，普通的金屬環似乎也能變成正式的戒指。對了，當時我正在找戒指。

辭掉工作的我沒有錢。

新工作找得不太順利，存款一點一滴減少。雖然打算要結婚，但在那之前，連下個月怎麼活都不知道，焦慮得睡不著。

有人說只要兩個人在一起，總有辦法活下去。其實，那只限於兩人都有辦法自立的狀況。而我，別說買一個體面的結婚戒指了，這件事我連想都不敢想。對了，我正在找戒指。

看看金屬圓環的標價，一個一百日圓。

「不如用這個當戒指吧。」我這麼問，戀人笑著說：「也不錯喔。」

於是，我從單薄的皮夾裡拿出硬幣，買了兩個圓環。

金屬製的，假戒指。

即使皮膚出現金屬過敏的症狀，我依然堅持將那個戒指戴在無名指上，戀人也一直戴著。

和老朋友見面時，被問了關於那個戒指的事。畢竟遠遠看起來，任誰都會誤以為這只是普通的戒指。那個戒指就是這麼自然地戴在我手上。不知為何，我總覺得必須要坦承「其實這只值一百圓」。然而愚蠢的是，高傲的自尊阻止我將這話說出口。我下定決心，下次再有人問的話，一定要抬頭挺胸坦白。後來再和其他朋友見面時，甚至主動招認「其實這個戒指只要一百圓」。招認之後，臉頰忍不住抽搐。

因為不管怎麼想，這都是莫名其妙的自白。

微妙地停頓了一下後，我又附加說明：「是不是很像玩家家酒，好笑吧？」可惜一切已太遲。

「百圓戒指啊，真不錯。」朋友稱讚我們的圓環，明明是預期之中的反應，我卻一肚子火。臉上無言微笑，內心卻氣瘋了，無聲吶喊：「你懂什麼！」

真是悽慘無比。

最令我火大的是，明明只能送戀人這種東西，在別人面前卻還一心想保全面子，滿腦子都在想怎麼自圓其說的自己。想做的事不能做，一毛錢也賺不到。費盡心思想把這種地獄般的生活形容成一齣賺人熱淚的溫情戲，這樣的自己膚淺、老套又無聊，比百圓戒指更沒有價值。我無法原諒這樣的自己，更無法原諒讓我變得這麼卑微的世界。無名指日日受到金屬侵蝕，接觸戒指的部分開始變得青紫。

我離普通的幸福愈來愈遠。在這段日子當中，整個人顯得蒼老了起來。即使如此，戀人依然戴著那個百圓戒指。吃飯的時候戴，洗澡的時候戴，睡覺的時候也戴。經歷各種事情之後，我終於開始新的工作。

決定無論發生什麼事都不奢侈浪費了。話雖如此，我本就是個對自己沒有任何物慾的人。儘管這麼說，光是生活就得花錢。存款不可能一下子增加。買一個真正的結婚戒指肯定需要幾十萬甚至幾百萬。

最後，忘了哪天在哪裡洗手時，那個百圓戒指不小心掉進排水管沖走了。我想，它現在或許沉在東京灣的某處吧。

等到哪天一切都行有餘力了，我打算養貓，而不是買戒指。

因為戀人也喜歡貓。最重要的是，貓和戒指不一樣，貓有生命。

儘管是否養波斯貓還需要開會討論，但無論如何，那隻貓一定會成為世界上最受寵的貓。到了那時如果還行有餘力，已經什麼都不怕了的話，再來買戒指吧。戀人也說過好幾次不需要戒指，而每次我都是這麼回應：「正因為是不需要的東西，所以需要。」

那隻貓和我和戀人，總有一天都會因為無聊的原因死掉。

即使如此，戀人依然沒有把百圓戒指丟掉。

死亡與澀谷大十字路口

結婚一年了，能確定的只有一件事。那就是，世界上沒有什麼比和喜歡的人睡在一起更幸福。

即使如此，身為已婚者的我仍不認為結婚就能保證擁有幸福人生。所以我們沒有舉行婚禮，也沒想過要勸別人結婚。

結婚時沒發現，結婚後唯一感到沉重負擔的是「其中一方哪天可能因為某種無聊理由先死」的壓力。現在擁有的日常生活，哪天也可能決定性地消失。不知道那天什麼時候會到來，這樣的恐懼從昨天到今天到明天都未曾消失，也將半永久地持續下去。我現在說這話可不是在曬恩愛。

母親曾告訴我，小嬰兒睡前嚎啕大哭是因為誤以為自己快死了。的確，睡眠這回事說起來就像死了一點點。

曾經純粹想死的過去已成為懷念不已的往事。現在的我終於明白，想死的心情和不想死的心情同樣痛苦。

幸福是一種絕望。顯而易見的。

一如戀愛是一種酷刑。兩者之間只隔著一張紙，幾乎可說是等於。這輩子都無法逃離那種絕望了。就算離婚也一樣，不離也一樣。

第一次看到澀谷大十字路口時，發現眼前明明有那麼多人，自己卻不知道其中任何一人的名字，不知道哪個人身上背負著什麼哀傷，也沒看過哪個人的笑容，從這個路口分開後，一輩子都只是陌生人，想到這個，不由得一陣毛骨悚然。我現在依然這麼認為，也懷疑大家其實都有一樣的想法，只是沒說出口罷了。事實是，每個人都一邊這麼想著，一邊用看起來最美或最爽朗的步伐走過那個路口也說不定。

總有一天會死。死了也不會變成星星，永遠不會。當然也不會變成電影、小說或詩篇。我們究竟想變成什麼，想要什麼。明明已經沒有任何想要的東西。那或許是永遠無法獲得的東西。

不過，我們隨時都做好在知道那東西究竟是什麼的時候，垂死掙扎的準備。

最棒的分離

對分手的人或離去的對象，就算當時不是真的這麼想，最好還是說聲「什麼時候都歡迎你回來」。話雖如此，但不要等。曾經有個前輩這麼教導我。當時說的是與工作有關的事，其實這道理在工作之外的地方也適用，還時不時派上用場。

丟掉什麼的時候，也把自己和那東西一起生活時的一部分人生丟了。

十年前用的手機充電器，不只家中遍尋不著，能不能在電器行裡買到新的也是個問題。儘管如此，要是把這個手機丟了，就會失去當年用它拍的照片還有與別人互通的電子郵件。無論多麼慘不忍睹，我從沒想過要抹消當年的自己。因為那麼做的話，現在的自己也會消失。

把曾經與自己活在同一個時代，共度同一個時光的人丟掉，不管理由是什麼，總有一天都會變成正確的事嗎？把當年毫不擔心自己犯錯的理直氣壯丟掉的事，總有一天也會變成理直氣壯的事嗎？我不這麼認為。

分手這件事，就像彼此都死了一點。

分離的終點，指的是再也無法互相傷害或受傷，回到那宛如一片空白的距離。我們事先約定了未來的事。約好彼此都不要為了無聊的理由去死。

不可思議的是，分開時一邊說著「再見」、「要好好保重喔」，一邊哭得亂七八糟的對象，日後多半都會再見面。可是，輕描淡寫互道一聲「下次見」的那一天，有時卻成為真正的訣別之日。

和誰在一起或做什麼都沒關係，希望你至少能暖暖地睡上一覺。最好能躺在軟綿綿的床和蓬鬆的枕頭上。不幸也好幸福也好過得百無聊賴也好，希望你好好活著。除了祈求好好活著之外，沒有其他的愛了。超越這個的愛，我們也無法證明。

要是哪天你能想起我就好，要是我永遠不再想起你就好。

和喜歡的人喝喜歡的酒時，我不經意地思考起「該怎麼做才能在彼此連一公釐都不用死也不會感到悲傷的狀態下以最棒的方式分離」。

那時，我脫口而出了一番幼稚的話。「如果十年後，我們都還活著，也還記得對方的話，就再一起來這家酒吧。不管彼此變成怎樣，只要記得就一定要來。如果其中一方忘記了，只要記得的那一方自己來就好。如果兩個人都忘了就算了，那也沒關係。」當然，對方只把這當成我喝醉了的玩笑話。

十年後的事，我只想跟真正喜歡的人約定。

十年後，想在同一間店的吧檯邊回顧無意義的往事，聊著「那時你說了什麼話傷了我，可是我卻很高興自己受了那樣的傷」之類的話。也想無意義地聊更多像是「那時你不經意說出口的近乎自言自語的話，我到現在都還很中意」之類的事。

以「這些都是我剛才忽然想起來的」為開場白。事實是那些事我沒有一刻忘記過，不過這是祕密。

我想一直保持十年後的約定。和喜歡的人之間的約定。就當作是面對別離時的垂死掙扎吧。這麼一來，至少從現在開始的十年內，絕對不能為無聊的原因而死。

討厭自己討厭得想死時，
拯救自己的，
是來自某人的一句「這樣的你我也喜歡」，
伴隨著微笑的肯定。
就算哪天彼此的關係毀壞了，唯有這句話
或許將成為永久守護自己的盾牌。
就算這樣的守護毫無意義。

後記

東京。

比起白天的海，深夜裡的海感覺更美，我想是因為我還年輕的緣故。或者，看花式滑冰選手比賽的畫面時，比起比賽中的選手，我總覺得比賽結束後，默默拾起丟給選手的花束的無名小卒更美。原因不言可喻。因為我自己也屬於永遠不可能收到花束，只能撿拾的人。對了，現在還好好地喜歡著冥王星嗎？

其實本來想寫的不是這種事，想要的也不是這樣的人生。一邊這麼想，一邊寫著這些事，春天來了，我也成了這個歲數的人了。這本書的文章全都是用手機打出來的。用電子郵件的草稿寫好，持續寄給自己。寫這些文章的時候，我一直想起十九歲那年，孤身一人在東京的事。

你或許以為自己找到我了，其實已經太遲。再見。

戀或愛之類的事，我想全盤否定。原因或意義之類的事，也想全盤否定。我們必須持續逃離甜言蜜語。要是有人說「不能報復」，反駁「報復有什麼不對」似乎是編劇的使命。被正派人士說「煩惱寂寞的夜晚該做什麼也不是辦法」的日子，就搭上計程車朝喜歡的人的住處飛奔。踢著沿路上的電線桿，在深夜裡衝進夜店。站在燃燒般的夕陽前，耳機線在手上糾纏成一團。從看似會流淚的人身上燒起來的禁水性星球。要我戒菸的大人死了，後來我也變成大人了。硬要說的話，性愛比較接近水藍色。在山手線上失去所有語言詞彙的事。一切彷彿都很可恨。感傷。令人愛憐。我愛東京。

過去總在放學時聽的曲子，最近聽已沒什麼感覺了。重讀過去畫了很多線的小說時，也不會再讀到一半就停下來了。過去即使是冬天也不在乎地一遍遍行走的夜路，已經變成一條一點也不特別的路。曾經喜歡的東西死了，喜歡那些東西的我也死了。

哪天和我一起，在一個不喜歡也不討厭的城市聊聊不喜歡也不討厭的話題吧。

HEART
心|視野　心視野系列 031

不知道哪一天會分開，但不是今天

——寫給無能為力的世代，即使疼痛，也要痛得最美

いつか別れる。でもそれは今日ではない

作　　者　F
譯　　者　邱香凝
總 編 輯　何玉美
責任編輯　陳如翎
封面設計　胡忠銘
版型設計　葉若蒂

出版發行　采實文化事業股份有限公司
行銷企劃　陳佩宜・黃于庭・馮羿勳
業務發行　林詩富・張世明・吳淑華・林坤蓉・林踏欣
會計行政　王雅蕙・李韶婉
法律顧問　第一國際法律事務所　余淑杏律師
電子信箱　acme@acmebook.com.tw
采實粉絲團　http://www.facebook.com/acmebook

I S B N　978-957-8950-38-2
定　　價　320 元
初版一刷　2018 年 6 月
劃撥帳號　50148859
劃撥戶名　采實文化事業股份有限公司
104 台北市中山區建國北路二段 92 號 9 樓
電話：(02)2518-5198
傳真：(02)2518-2098

國家圖書館出版品預行編目資料

不知道哪一天會分開，但不是今天：寫給無能為力的世代，即使疼痛，也要痛得最美 / F 作；邱香凝譯. -- 初版. -- 臺北市：采實文化，2018.06
面；　公分. -- (心視野系列；31)
譯自：いつか別れる。でもそれは今日ではない
ISBN 978-957-8950-38-2(平裝)

861.67　　107006732